# 痛才是成长

[韩] 金兰都 著　谭贞瑜 译

中国友谊出版公司

图书在版编目（CIP）数据

痛才是成长 /（韩）金兰都著；谭贞瑜译 . —北京：中国友谊出版公司，2020.12

ISBN 978-7-5057-5015-9

Ⅰ.①痛… Ⅱ.①金… ②谭… Ⅲ.①随笔—作品集—韩国—现代 Ⅳ.① I312.665

中国版本图书馆 CIP 数据核字（2020）第 202388 号

著作权合同登记号　图字：01-2020-6552

웅크린 시간도 내 삶이니까（Embrace My Broken Days）
Copyright © 2015 by 김난도（Rando Kim，金兰都）
All rights reserved.
Simplified Chinese Copyright © 2020 by Munhakdongne Publishing Group
Simplified Chinese language edition is arranged with Beijing Xiron Culture Group Co., Ltd. through Eric Yang Agency

| 书名 | 痛才是成长 |
|---|---|
| 作者 | 〔韩〕金兰都 |
| 译者 | 谭贞瑜 |
| 出版 | 中国友谊出版公司 |
| 发行 | 中国友谊出版公司 |
| 经销 | 新华书店 |
| 印刷 | 三河市嘉科万达彩色印刷有限公司 |
| 规格 | 880×1230 毫米　32 开　7.75 印张　150 千字 |
| 版次 | 2020 年 12 月第 1 版 |
| 印次 | 2020 年 12 月第 1 次印刷 |
| 书号 | ISBN 978-7-5057-5015-9 |
| 定价 | 52.00 元 |
| 地址 | 北京市朝阳区西坝河南里 17 号楼 |
| 邮编 | 100028 |
| 电话 | （010）64678009 |

如发现图书质量问题，可联系调换。质量投诉电话：010-82069336

致与烟雾病病魔抗争的H君。

致虽然现在蜷缩着但终会重新站起来的你。

我期待着,现在身心俱疲的你和我,

都有重新站起来的那一天。

*该书版税的一部分将作为基金捐献给烟雾病和其他不治之症的患者。

# 目录

序　在绝望的日子里看见希望　// 1

## 第一章　在灰暗的日子里耀眼地活着

折翼的日子里，如何寻找新的推力　// 002

离"正确答案"越远，也许反而离成功越近　// 010

绝望应对法：Spero Spera，活着便有希望　// 020

不要同时打开两个痛苦的抽屉　// 028

幸福不是唯一的答案　// 036

人生的每个选择，都是自己与自己的厮杀　// 044

成长归根结底是寻找自我的过程　// 050

如果你很快就会死去，怎样才能不留遗憾　// 058

## 第二章　如果你也在孤独地彷徨着

"轮形彷徨"陷阱：为什么拼命往前走，却还是在原地打转　// 070

人生沙漏：从今天开始，你还可以再活一次　// 080

跟时间竞争，该来的日子终究会来　// 086

为何我们总是如此意志不坚　// 103

为什么最亲近的人却成了"局外人"　// 110

当观念不一致时，如何解决矛盾和分歧　// 118

"模拟"生存法：找到自身的固有价值　// 124

倦怠反而给我们前行的力量　// 130

在孤独的时间里做有意义的事　// 136

## 第三章　殷切地期望，用心去实践

在知足和进取之间找到平衡点　// 146

在十秒内说出三个愿望，就真的会实现　// 156

非暴力沟通实践版：学会跟电梯说话　// 162

人际关系的黄金沟通法：用赞美代替责备　// 168

如何打破"越忙越拖延"的恶性循环　// 176

请不断学习，不管你多少岁，怀抱着什么样的梦想　// 180

廉价的认同：为什么网上社交会让你更加焦虑　// 186

比成就更重要的是人格　// 194

当下或许是"最坏的时代"，而你就是希望　// 202

如果我对自己的孩子只能有一种期待　// 212

也许你能够改变这个国家的未来　// 220


后记　希望，货到付款　// 229

# 序

## 在绝望的日子里看见希望

  有一段时间，我因极度的自我否定而备受煎熬。我领悟到，原来人生在世最难承受的不是别人的否定，而是自己怀疑自己。那时，中东呼吸综合征①在韩国爆发，韩国的经济处于停滞状态，整个国家都要沉入冰冷的大海了，而我却只能束手无策地观望着。无论是作为一个父亲还是一名老师，我都仿佛失去了表达的能力。我害怕说话，更害怕写作。

---

① 中东呼吸综合征（Middle East Respiratory Syndrome，MERS）：2013年出现的呼吸道传染性疾病，病例多集中在沙特阿拉伯、阿联酋等中东地区，该地区以外其他国家的确诊病例发病前多有中东地区工作史或旅游史。2015年5月，韩国由于境外输入而出现首例中东呼吸综合征患者。仅三周时间，疫情就在韩国境内快速蔓延，导致187人感染，其中38人死亡，近1.7万人隔离。社会陷入混乱，经济承受着冲击。

我还能再写随笔吗？

我心想，即使心硬邦邦地"凝固"了，起码身子也得活动活动，于是就准备出去做点儿运动。我问柜台后面的 H 君能不能同我聊一会儿天。我们二人走进休息室后，H 君才艰难地开了口："其实，我身患烟雾病——是一种非常罕见的疾病……"

在一个人"绝对的"痛苦面前，我能说些什么呢？他把事先准备好的能量饮料倒入加了冰的杯子里，然后递给满是担心的我，接着说："因为实在是很痛苦、很难熬，所以想放弃的瞬间太多太多了。但是看了教授您的书，我获得了勇气。谢谢您！不光是我，我们烟雾病病友会中有很多人都说从您的书中获得了希望。所以，拜托您……能不能在书上帮我签个名？我要送给患病的后辈。"

我接过 H 君提前准备好的书，在上面签了名并打算写几句话。他在一旁继续讲他的病情，讲他来这儿工作之前所付出的努力，讲他在这个过程中如何从我的书中获得了力量。

"好了，给你。"我把书递给他。抬头的那一刻，我看到他那双湿润了的眼睛。那双眼睛阐述着他与病魔抗争的艰苦。紧接着，我的眼圈也红了，我对他说："应该是我谢谢你。"

他不会知道当得知自己的文章给某人，特别是生病的、绝望的人带去希望时，我所感受到的意义是多么重大。当清晰而深刻地领悟到自己提笔写作的意义时，我是多么宽慰。

回到家里，我还老想着他说的话。我坐到电脑前，开始搜索H君所说的烟雾病是什么。烟雾病是以脑动脉的慢性进行性狭窄或闭塞为特征，继发引起颅底异常血管网形成的一种脑血管疾病，异常脑血管网形似烟雾般向四周扩散。该病最早是在日本被发现的，故取日语的"moyamoya"（意为喷出的烟雾）为之命名。为了防止癫痫、脑栓塞和脑出血等症状的出现，患者得坚持不懈地进行调养，不断地努力。

就在那时，我的脑海中升起了始终找不到火点的袅袅烟雾。感觉不单单是我，那些承受着这个时代之重的很多人，仿佛在他们心中也都一股一股地升起了别人所看不到的烟雾。日常生活中琐碎的烦心事和深埋于心底的那些绝望，都沉重得令人喘不过气来。但是，H君却那么从容，竭尽全力地挣脱脑中的烟雾，回到正常的人生轨道。

本杰明·富兰克林曾说过："有的人25岁就死了，只是到75岁才埋葬。"我的葬礼会在我多少岁的时候举行呢？很多人都是在自己不知情的情况下便举行了精神葬礼，对此又浑然不知，拖着一副肉体存活于世。但是，H君正好相反。他虽然拖着一副患病的肉体，但精神的旗帜飘扬不倒。靠着不屈的忍耐力支撑着要倒下的身子并不断调整着状态生活到底的人，才是真正的胜者，是英雄。

遇到H君以后，我能够再次提笔写作了。真正获得勇气的人不是H君，而是我。

此书，正是我回顾那段烟雾般消散的生活时，重新审视自己的内心和生活的各个角落而记录下来的点点滴滴。我现在才稍微领悟到，人生本就是不断地化解愤怒、排解愁闷、战胜绝望的过程。

在稿子快要写完的时候，正值酷暑，而且非常干旱。终于，接连数日烈火般炎热的天空洒下了酣畅淋漓的大雨，真是久旱逢甘霖啊！在我们错综复杂的头脑里，倘若也能下一场这样的大雨，该多好！

但是，不管是在身患重病仍坚强生活着的H君的头脑里，还是在我们崎岖不平的人生中，下一场能够将那烟雾一扫而光的雨，真的太难了，顶多就是在绝望的望天田中开辟一条细小的、象征着希望的小水渠度日罢了。而那些为了挖出一条窄窄的小水渠而默默辛劳的身姿，才是最真实的祈雨祭的舞姿吧。

在这里，我要感谢自行找寻到希望并让我们看到他数次重新站起来的勇敢的 H 君。

借此书，致敬 H 君，致敬所有与绝望抗争并坚强生活下去的人。

金兰都

# 第一章

## 在灰暗的日子里耀眼地活着

人的一生有太多灰暗的时刻,

如何面对苦难,

如何在难过的时候也能看到光明,

这是每个人毕生的课题。

## 折翼的日子里，
## 如何寻找新的推力

学校的3月最为繁忙：校园从漫长的"冬眠"中醒来，绿意盎然地迎接着春天；新生们的脸蛋儿红扑扑的，手里捧着写满新学期计划的日记本，到处打听教学楼的位置；老师们正为新学期做准备，心情激动又忙乱；就连电子邮箱也因还没来得及看邮件而喧嚣纷扰。

数不清的各式"人生"来到了我的收件箱：有因为决定不了将来是当一名美发师还是美甲师而苦恼的十多岁的女孩；也有因为高额学费而整天打工，结果搞不清楚究竟是为了上大学而打工还是为了打工而上大学的大学生；还有以"You saved my life"（你拯救了我的生活）开头，从泰国远道而来的感谢之言。每个人都有着各自的苦恼和故事。

新学期的某天上午，我正在像清扫整个冬天堆积的落叶似的清理着收件箱，一封灰色的邮件止住了我忙碌的手指。

那封信来自一名25岁的复读学生，他刚刚因为一场很突然的事故失去了父亲。那封信尤其令我揪心，因为我恰恰也是在那个年纪失去了我的父亲——那个我以为会很长久地待在我身边的人。果然，悲伤总能认得出悲伤。

父母为什么要在子女猝不及防的时候离开呢？

好一阵心痛，感觉心里堵得慌，我便给那个学生写了些鼓励的话，又写了些我的经历，结果都删掉了，最后决定约他一起吃个晚饭。我想，如果他父亲还在世，看到儿子如此悲痛，肯定会请他吃一顿热腾腾的饭，而不是说一大堆话。

和那个学生一起吃饭的那天晚上，我决定以倾听为主。我知道，在这种情况下，任何的鼓励和同情都无济于事，最棒的表达是聆听并点头示意。我简单地说了一下自己27年前遭遇过的如此相似的状况，然后便一直听他诉说。他的悲痛是如此之深，现在他要代替父亲承担起家庭的大任，他肩上的担子看起来是那么沉重。

晚饭过后，我与他告别，就像与年轻时的自己告别一样。回家的路上，我心里很悲痛。为什么相同的痛苦要反复出现呢？眼下，他就要在从未经历过的忧虑的桎梏之中与不确定又迷茫的未来做斗争了。

> 谁也不需要为我的死而哀悼或惋惜。唯有在此，我才得以安息。

据说，这是美国一个黑人女仆墓碑上的文字。的确，有时经历的挫折会让人觉得唯有一死方能解脱。

2006年年初，美国的"新视野号"太空探测器升空，历经九年零六个多月的飞行，终于与冥王星近距离"会面"，拍摄了冥王星的照片，令天文学家们为之疯狂。我当时很好奇，那么小的飞行器在哪儿装载燃料能维持那么长时间的飞行呢？最后，我在科学杂志上找到了答案——swing by（近旁转向，也叫"引力弹弓"）。

"swing by"是指发射太空探测器时，利用行星的引力改变飞行轨道的方法。"新视野号"本身不具备加速的推力，火箭发射航天器时，航天器先借助惯性飞行，接着借助周边行星的引力进行飞行。也就是说，航天器在经过像木星那样引力大的行星轨道时，会被行星的引力"吸进去"，然后又会被"弹出来"，进而获得飞行速度。像这样利用行星的引力改变航天器的飞行轨道方向并加速的技术，被称为"swing by"。这也是飞往其他行星最安全的方法。

在完全失去自身推力的状态下，仍能有飞往目的地的力量——swing by。读着诗集，我不禁想到，不仅是航天器，也许我们的人生也需要这种力量吧？

> 无论是人生还是诗,都恰似那利用 swing by 飞行的航天器,也许完全靠自身的力量根本抵达不了目的地。就像飞往木星的"伽利略号"利用金星和地球的引力才到达目的地一样,我们的人生与诗也是一种艰苦奋战的持续。
>
> ——*Swing by, swing by*
>
> 赵东范

我亦是如此,一路走到现在,难道仅凭的是自己的推力吗?周边的人和我之间的"引力",即关注、爱、孝心、义务、责任……正是这些,在我身心俱疲、完全失去动力的瞬间,让我能够继续飞行,难道不是吗?就像"新视野号"飞往遥远的冥王星那样。

在这种时刻,坚持就是力量。在人生最无力的瞬间,也要忍耐。正如《李尔王》中所述,"我们都是哭着来到这个世界的,所以只能忍耐"。又如诗人高银所写的"躺下来便是死路一条,患病的牲畜拼命地挣扎着",我们也应该站着撑过每一天。

是的,坚持就好。

中国西藏有句谚语说:"能解决的事,不必去担心;不能解决的事,担心也没用。"是的,不必担心。仅凭担心,也解决不了任何问题。美国的幽默作家威尔·罗杰斯曾这样说过:

> 担心就像那摇椅一样，无休止地摇着你，却不能将你带往任何地方。

不能因为对未来感到迷茫和恐惧就自我隔离，陷入担忧的深渊，而是要想想身边值得珍惜的人牵引着我的那股"引力"。法顶禅师看到雨天滴落在荷叶上的水珠随着时间的流逝而掉进池塘，有感而发地说了这么一句箴言："荷叶仅是承受着自身能够承受之重，一旦超重，便将之摒弃。"荷花之所以出淤泥而不染，在于它能够立刻卸掉自己不能承受之重。就像荷花弹掉水珠那样，我们也应该摒弃忧虑。

以最轻松的心情来个片刻的"swing by"，会重新获得让自己前行的动力，哪怕是跟跟跄跄、摇摇晃晃地飞往目的地。

以游牧为生的某个非洲部落有这样一句谚语：

> 活着，家便不远。

我写着写着文章，感觉有好多话都没对那个失去父亲甚至连梦想都打算放弃的学生说，很是遗憾。虽然当时自己决定少说多听，作为一个倾听者多听听他的倾诉，可过后还是总操心。如果最后给他讲了这些，他会不会振作一点儿呢？

当我身处黑暗的隧道时，我想与爱我的人在一起，不是在隧道外面大喊着叫我快出来、告诉我出口在哪里的人，而是心甘情愿来到我的身旁，与我一起坐在黑暗之中的人。我们每个人都需要那样一个人。

山姆，如果你受到了伤害，就去爱你的人的身边吧。他就是不会指责你，也不会轻率地忠告你，而是和你一起分担悲伤的那个人。

——丹尼尔·戈特利布《致山姆的信》

与素未谋面的我袒露悲痛的那个学生，就像 27 年前彷徨失措的我一样独自挑起了生活的重担。我想对他说："先看一看自己的周边，试一试 swing by 吧。"一定会有的，一个能够牵引着他的、带有引力的行星，至少会有某个"愿意一起坐在黑暗中"的人。不管是什么，一定会有的。

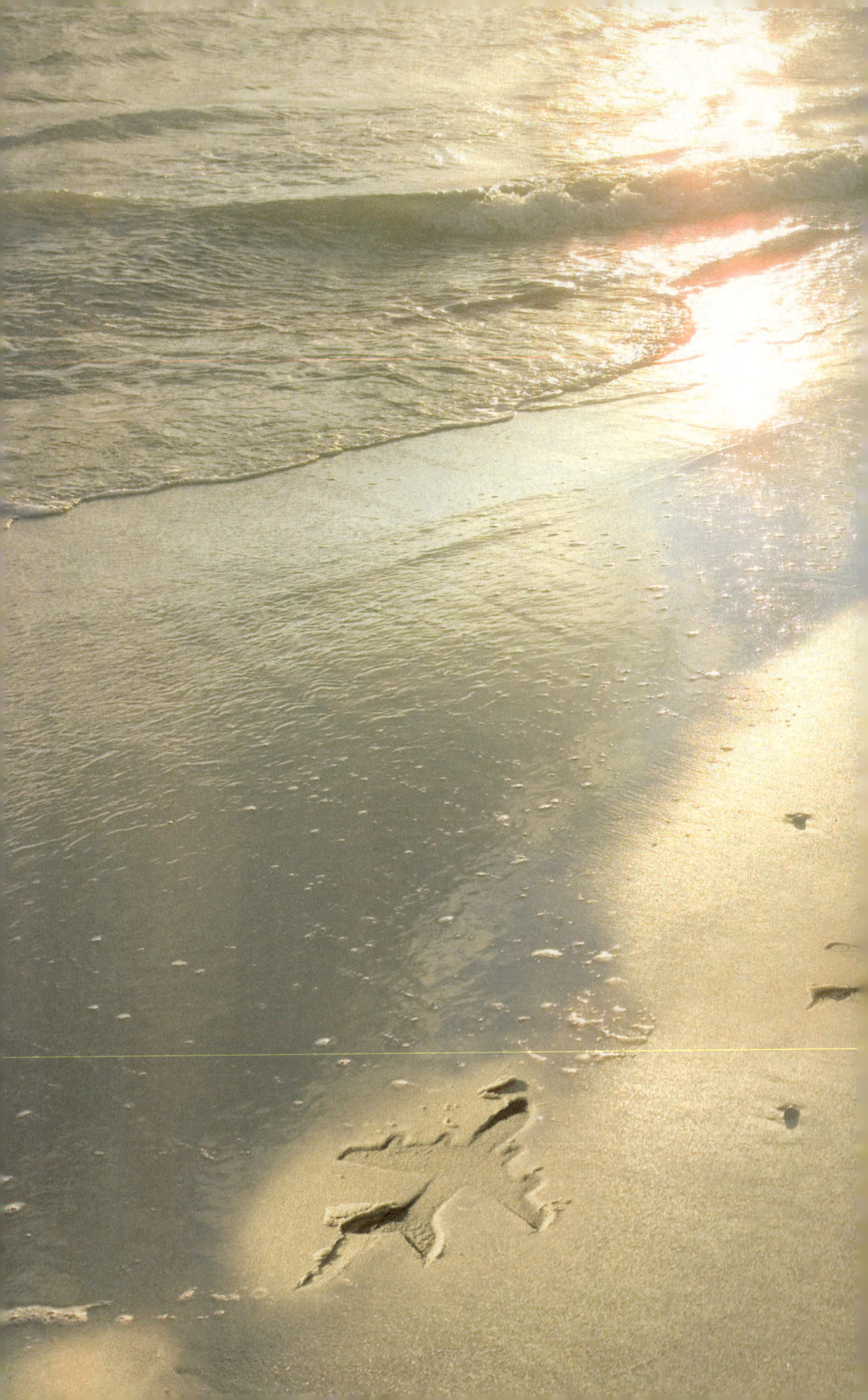

在完全失去
自身推力的状态下,
仍能有飞往目的地的力量——swing by。
以最轻松的心情
来个片刻的"swing by",
会重新获得
让自己前行的动力,
哪怕是踉踉跄跄、摇摇晃晃地
飞往目的地。
某个非洲部落有这样一句谚语:
"活着,家便不远。"

## 离"正确答案"越远，
## 也许反而离成功越近

2015年，韩国高考因出现了一道双答案试题而导致教育课程评价院院长等人辞职，在社会上引起了轰动。一开始，大家争论的焦点在于是一个答案还是两个答案。在确定是两个答案之后，如何处理因双答案而吃了亏的学生又成了争论的焦点。

作为一场公正、有说服力的客观式考试，答案必须只能有一个，就像天上只能有一个太阳一样。全韩国国民算是付出了惨痛的代价，吸取了这样一个教训："有两个答案的话，那可不得了！"

人们是什么时候变得习惯于这种客观式考试的呢？不仅仅是考试，韩国人对人生也是如此，这种"正确答案只有一个"的思考方式貌似非常被大家认可。高中毕业上大学是"正确答案"，能够选择的大学和专业也只能根据分数而定，就像答案一样都是已经定下来的。进入大学后,为了挣学分、英语过级以及获得各种各样的资格证,又要参加花样繁多的各种考试。和高中时期相比,只是考试科目的名称有些不同而已(考试与分数的世界真是永无止境)。

大学毕业后,进入大企业或国有企业工作的人会受到热烈祝贺。(这对任何人来说都是幸福的事吗?)再之后,至少在30岁出头的时候找到一个具有一定文凭、资历的对象并结婚,这便是"正确答案"(看那些婚恋网站给出的"分数表"就会明白,娶得好或嫁得好的答案都已经出来了)。再过几年,快点儿生个孩子便是人生之乐(育儿的辛苦完全被忽略不计了)。

如果稍有偏离这些个"正确答案",就要承受来自父母、老师以及亲朋好友"刺人"的目光和"喷涌而出"的无礼问题。"你不念大学吗?""得赶快找个好公司上班吧?""到底想不想结婚?""什么时候要孩子呢?年龄也不小了,该考虑了吧?""那家孩子考上了哪个大学?"说三道四,絮絮叨叨……唉!为何他们那么操心别人的事呢?!

韩国是一个遵循"正确答案"的社会。没有人从法律上明文规定什么,但是"人生的正确答案"就像幽灵般困扰着我们,阴魂不散。出现了双答案是不行的,一旦没有遵循那个"正确答案",人们便会一惊一乍的,仿佛人生要完蛋了似的。在这个国家,"不同的"就是"错误的"。

这种粗暴的强求由来已久，人们这种所谓"正确答案"的意识已经根深蒂固了，所以在面对想随自己所愿生活的欲望时，人们又是那样犹豫不决。人是社会性动物，只按照自己的意愿生活是很难的。很多时候，别人的目光会压过自己的主见。所以，人们也只能按照大多数人所说的去做。

但是，果真如此吗？我们人生的"正确答案"仅有一个吗？或者说，所谓的"正确答案"真的存在吗？我们应该遵循社会给出的"正确答案"吗？

> 第20个年头的同学会，人生的正确答案有多个。美美的，走自己的路。

这是日本一个知名化妆品品牌的广告语。每次去参加高中同学聚会，我都会想起这句广告语。高三的时候，班上的一个同学在全国模拟考试中取得了分子和分母相同的名次。换句话说，就是全国倒数第一。但是，人家却自我调侃："分子和分母一简化其实是一，所以我是全国第一名。"

在躲避"正确答案"方面颇有天赋的这位同学最终虽然没能考上大学（用他本人的话说，不是没考上，而是不去上），但是如今他的事业做得风生水起。每次同学聚会，他都把公司的纪念品发给大家，还经常自掏腰包付酒钱，所以他很受同学们的欢迎。

我们学校还有一位"正确答案行家",每次模拟考试都是"全国第一",集学校的期待于一身,是雷打不动的全校第一优秀生。他虽然最后在高考中没有考到全国第一,但是后来通过了司法考试,成了一名律师,现在也一次不落地参加同学聚会。

朋友们让他俩坐在一起,给他们拍照,打趣地说这是"对比体验之两个极端"。我看着年过半百的家伙们嘻嘻哈哈地闹着,竟觉得他们是那么可爱。看着照片上并肩而坐的、曾经的全国第一和全国倒数第一,不禁令人感叹:人生的正确答案还真的不止一个。

就像那句广告语一样:"美美的,走自己的路。"

获得有"建筑界诺贝尔奖"之称的普利兹克奖的日本建筑师伊东丰雄,在访问韩国的时候被问到"学习建筑的契机是什么"。他的回答出乎人们的意料:"大一和大二的时候玩过了头,到了大三要选专业了,才发现能选的专业没剩几个了。"我真的很想把这句话说给那些因为在大二和大三没有选上自己喜欢的专业而哭哭啼啼,甚至要退学的学生听。

有一个想当演员的人 30 年前踏进了话剧界。但是,就算是在舞台上,他出演配角的机会也不多。因为他虽然有表演的热情,但是没有表演的实力。剧团老板觉着他可怜,就给了他试着做导演的机会。进修演出过后，老板这样对他说："唉，你呢，既没有当演员的才，也不是当导演的料。"

但是，他还是留在了话剧界。既然不能当演员，又不能当导演，就负责剧团的日常事务。他便是将《芝加哥》《阿依达》《妈妈咪呀》《歌声舞影》《吉屋出租》《赌徒》等热门音乐剧搬上韩国舞台，被称为"韩国最棒的音乐剧制作人"的 Iseensee Company（演出企划及制作公司）老板朴明诚。

换句话说，这么多传奇般的故事，不计其数的人生逆袭，觉得完全没有希望了却又出现的一丝丝机会，因为无奈而在"被选择"的路上慢悠悠地行进，走着走着却成了自己所在领域的"大师"……众多的成功佳话都在告诉我们，有些人并没有因为没选出正确答案就被成功拒之门外。

学生时期，我在被认为是"正确答案"的考试中落榜了。之后的十年里，虽然生活过得也算顺心，但最终在我的第二选择——教学里找到了自己的天赋。经历过这么多，凭着丰富的经验，我可以肯定地说：人生并不是只有一条包装好的、康庄大道般的"正确答案之路"，也不是由没走上"正确之路"的"失败者们"绕道而行的众多岔路组成。每个人都有着各自的光与影，世界也是由与这些人数相当的众多小路组成的。

为什么那么竭尽全力地去追随实际上并不存在的"正确答案"呢？为什么因为没能找到并不存在的"正确答案"而自责呢？

我是我，你是你，他是他。每个人都有着属于自己的美好选择，什么都没错，有些人只是尚对自己的路不太确定而已。对你来说，在自己的人生之路上一步一个脚印踏实地走着比什么都重要。

就算没有像别人那样按照"正确答案"走到"中心"也没有关系，完全没问题。这并不是茫然的慰藉。在这个人人都为成为相同的样子而拼死斗争的现代社会，如果自己在主流社会变得不同于他人，反而能增大成功的概率。

比尔·盖茨、史蒂夫·乔布斯、马克·扎克伯格，这三位开启IT时代新篇章的英雄，都是大学中途退学。这意味着什么呢？其实也没有必要列举遥远的他国CEO的故事，就看看我们的国家、我们的社会吧。在各自的领域获得肯定、备受尊重的那些人，他们并不遵循着"正确答案"而活，而是按照自己的方式默默地活出了自己精彩的人生。

当然，也不是说我们要像这些人那样，一定要成为最优秀的，只要按照"我自己的答案"诚实地活着，无论活得怎样，都可以说做得不错。只要不懒惰和懈怠、不放弃，也许离"正确答案"越遥远，反而会越接近成功。

在喜马拉雅的所有日子并不都是伟大的。

这是被称为"史上最伟大的登山家之一"的奥地利登山家赫尔曼·布尔的话,也是我个人最喜欢的名言。我们在想象攀登珠穆朗玛峰时,大概脑海中都会浮现出在陡峭的登山路上冒死前行,或者依靠绳索在悬崖峭壁上爬行的情形。但是,在天气情况不佳或者其他条件恶劣的情况下,就得待在帐篷里,煮一碗泡面吃,一直等到情况好转。这段等待的时间也是登顶的一部分,与登顶时插上国旗高喊"万岁"的时刻一样伟大。

我并不是要把懒惰和懈怠合理化,只是想告诉大家,不要忘记,平凡的日常生活也是我们伟大梦想的一部分。

是的,即使现在只是自我放逐似的等待,也仍不放弃梦想,那你便仍旧在实现梦想的伟大征途之中。在这样的时期,要记住的不是蜷在睡袋里打发时间的日子,而是"我没有放弃梦想并继续为之摸索前进"的事实。在那一瞬间,你最大的敌人不是别人的眼光,而是自身的不安。

在没有指南针的时代,船员们朝着北极星的方向划桨。他们不是要去北极星那里,而是因为在漆黑的夜里,只有北极星能坚定、不动摇地指引航线。现在,即使你是在蜷缩着漂流,也不能把视线从北极星上移开。没关系,即使很不习惯,也按照你的方式生活吧;即使不足,也要成为你自己;即使茫然,你也要重新站起来。

只要梦想着属于自己的北极星,那么现在你所站立的位置便是正确答案,便是世界的中心。

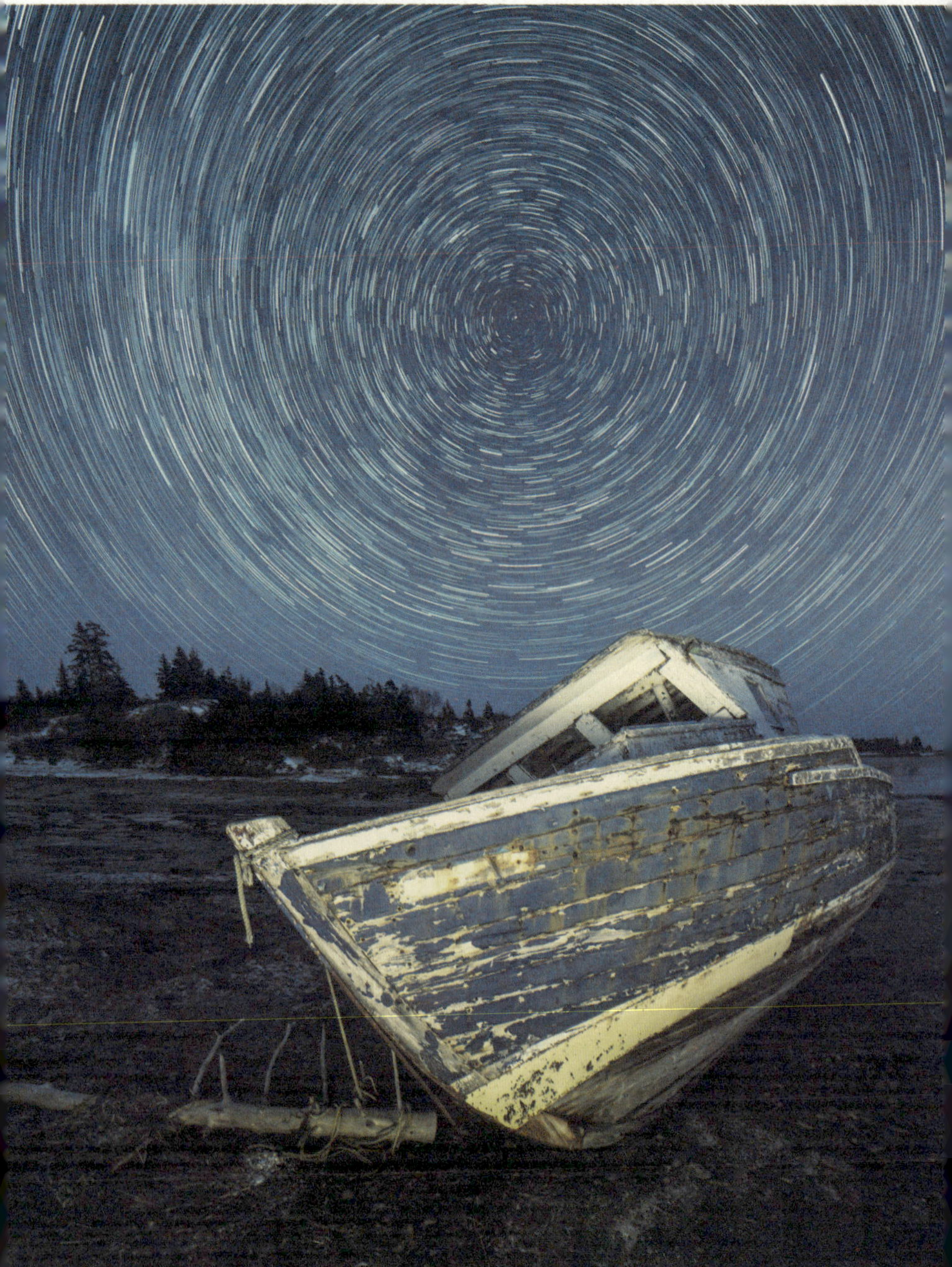

在没有指南针的时代,船员们朝着北极星的方向划桨。
他们不是要去北极星那里,而是因为在漆黑的夜里,
只有北极星能坚定、不动摇地指引航线。
现在,即使你是在蜷缩着漂流,
也不能把视线从北极星上移开。
没关系,即使很不习惯,也按照你的方式生活吧;
即使不足,也要成为你自己;
即使茫然,你也要重新站起来。
只要梦想着属于自己的北极星,
那么现在你所站立的位置便是正确答案,
便是世界的中心。

## 绝望应对法：
## Spero Spera，活着便有希望

这是一个充满绝望的时代，我甚至都不敢看新闻。接连发生的一大串令人震惊的事件，还有那些摇摆不定的权宜之计，看了就让人心生愤怒。阶层移动的梯子正在消失，成功的唯一条件就是"拼爹"。这种自嘲真的令人感到无力。政治—官僚—财阀，这个牢固的铁三角所把持的越多，青年们放弃的就会越多。如果没有一个财阀爷爷，希望就会变成不是人人都能得到的奢侈品，像逃亡似的想离开这个国家的人就会越来越多。

> 在刺激和反应之间，有一个空间。在那个空间里，我们有力量选择自己的反应，而我们的反应展现了我们的成长和自由。

这是在奥斯维辛集中营幸存下来的奥地利心理学家维克多·弗兰克在《活出意义来》中写的话。我非常尊敬的一个人寄给我的贺年卡上写着这句格言。我非常仔细地、反反复复地看着这句话，突然萌生出一个疑问：在我们所有人面临的这个绝望的时代，根深蒂固的社会问题和我们的愤怒之间，是不是也存在着一个空间呢？在这个空间里，我们是不是也有选择各自反应的余地呢？

一直举哑铃的话，肌肉就会变大。如果想练出快肌那样的大肌肉，比起多次举起重量轻的器材，不如举重的器材，哪怕举的次数少也无妨。因为勉强举起超出自己能够承受的重量的话，肌肉就会被拉伤，而在愈合的过程中会变得大而有力。像这样，受到刺激并坚持住，由此产生的新的力量就叫"忍耐性"。练肌肉，打预防针，都是相似的道理。

我们一般都会认为，只有过着没有压力、顺风顺水的生活才能够长寿。其实如果想长寿的话，反而需要不断地接受适当的刺激。这被称为"最佳压力"（optimum stress），是长寿的基本条件。如果持续地承受一定程度的刺激，当更大的刺激出现时，就会有能够活下去的力量。比如，据说一开始就暴露在强烈的辐射中，细胞会马上死亡，但是如果一点一点地接受刺激，细胞就会拥有战胜刺激的力量，即使面对更大的刺激，也能存活下来。压力令生命力得以成长。

生活也是如此。如果成长过程中完全没有经历过逆境或有过压力，就会只是看起来好像很强健，但实际上连小小的刺激都承受不住。因为和父亲有矛盾而被关在米柜最终死掉的庄献世子，还会有人跟他说"不管怎样，也是享尽了世子的荣华富贵，真好"这样的话吗？

很多遇到了所谓的"好父母"、含着金汤匙出生的人，他们看起来无忧无虑，但有时我们通过八卦传闻能够察觉到，很多时候，他们的内心是"一片狼藉"的。因为在太宽裕的环境中成长，反而会受到"生活免疫力不足"之症的困扰。

被誉为"人类火车头"的捷克长跑运动员埃米尔·扎托佩克，在做了疝气手术后仍然坚持跑完比赛全程，令世人震惊。当时，他说过这么一句话：

> 田径运动员不能口袋里装着钱去跑，而是要头装梦想、胸怀希望地去奔跑。

人生长跑也是一样的道理。当然，我们是需要钱的，但能让我们跑起来的不是口袋里装得满满的钱，而是远方的梦想。让我们跑完人生全程的动力，不是继承一大笔财富的运气，而是我们拥有应对挫折的忍耐力。

据说，在炙热的天气走了好几天的骆驼，常常是正面对着太阳的。因为如果为了避开太阳而转身背对太阳的话，那么整个身子将暴露在太阳之下，会更容易变热。而如果正面朝向太阳的话，暴露在阳光下的身体部位就会减少，身子也会因为背阴而没那么难受。在烈日炎炎的沙漠里没有可逃之处的时候，能让人（或骆驼）撑过去的唯一方法就是迎面而上。这是高手应对痛苦的方式。

小时候，我们小区里有个小伙伴非常能打架。其他朋友都叫他"一拳头"，就是只要他打一拳便让人受不了的意思。那个小伙伴个子虽小，打过来的拳头却很猛。最后，我知道了他的秘诀，原来他打架的时候，手里经常握着小石子。正是这小石子令他的握力变强。

于是，我想，多年后，当我在生活的最前线战斗的时候，也应该是这样的吧？在握力紧绷的时候，谁手里握着小石子，谁就会取胜。人们都说在打架的时候，不要命的人才是最可怕的，因为他们手中握着名为"绝望"的小石子。绝望，看似令我们变弱，其实令我们变强。只要我们不丢掉它，就能够紧紧地将它握在手中。

对待绝望的可取态度，不也正是这样的吗？光明正大地直面太阳，把绝望像小石子一样紧紧地握在手中，使劲儿地大声呼喊。

人们都知道世界上第一架飞机是莱特兄弟发明的。其实，在同一时期也有其他人做过相似的尝试，最具代表性的是一个叫塞缪尔·皮尔庞特·兰利的美国科学家。

当时，兰利是宾夕法尼亚的西部宾州大学（现在的匹兹堡大学）的天文学教授，同时也是史密森学会的秘书长。他认为飞机是"理论"问题，他试图从鸟类的飞行中获得启发，研制出有人驾驶的飞机。

在获得了美国议会的巨额财政支援后，兰利研制出了飞机引擎，并比莱特兄弟提前了十天公开。但是，由于没有进行实际的飞行测试，他的飞机还没有飞起来便以失败告终了。兰利受到了报纸的批判，丢尽了颜面。相反，莱特兄弟并不是什么学者，他们只是怀着翱翔天空的梦想的自行车修理工。他们选择的是持续不断地试错，即通过无数次实验和一次次失败，逐渐改善自己的飞机。

结果，他们进行了超过1000次的飞行试验，制作了200多个飞机翅膀，遭遇了无数次失败，最终成功地试飞了"飞行者一号"。

大学者遭遇了失败，颜面尽失，而修理工却取得了成功、获得了荣誉，这决定性的差异在哪里呢？谁能够更坦率地面对失败，把失败当作源泉，继而积蓄强大的"握力"，谁就离成功更近一步。我想，差异就在于此吧。一次成功的背后有着上千次的实验，所谓的"实验"就是发现无数个失败的因素并将之改进的过程。

"世界上第一架飞机的发明者"这一荣誉，属于懂得这一真理的人。

不畏惧失败、坚持不懈地尝试很重要。小说家保罗·柯艾略在《阿克拉手稿》中这样写道：

战败者不是打败仗的人，而是选择了失败的人。

战败是指在战争中打了败仗，而失败是指压根儿就没参加战斗。如果没有战斗，就没有对战败的恐惧，但是连胜利的希望也会被连根拔起。其实，失败就像感冒，谁都免不了会遇上，时间一过就会自然痊愈。没有人会因为感冒而绝望，继而抛弃生活。不要沮丧，我们要像下面这句拉丁格言所说的那样对待失败：

如果风不助你，那就依靠桨吧。

所谓"失败"，其实就好比在人生这座体育馆里为锻炼出希望的肌肉而举起的哑铃。越是失败，越要握紧哑铃；越是在绝望的深渊里挣扎，越要定睛凝视前方。所以，我们要在失败中练出希望的肌肉，只有希望才是治疗绝望的灵药。

有一句咒语，即使在最歹毒的绝望中，也能召唤出坚定不移的希望，那便是：

"Spero Spera."
活着，就有希望。

在打架的时候,
不要命的人才是最可怕的,
因为他们手中握着
名为"绝望"的小石子。
绝望,看似令我们变弱,
其实令我们变强。
只要我们不丢掉它,
就能够紧紧地将它握在手中。

有一句咒语,
即使在最歹毒的绝望中,
也能召唤出坚定不移的希望,那便是:
"Spero Spera。"
活着,就有希望。

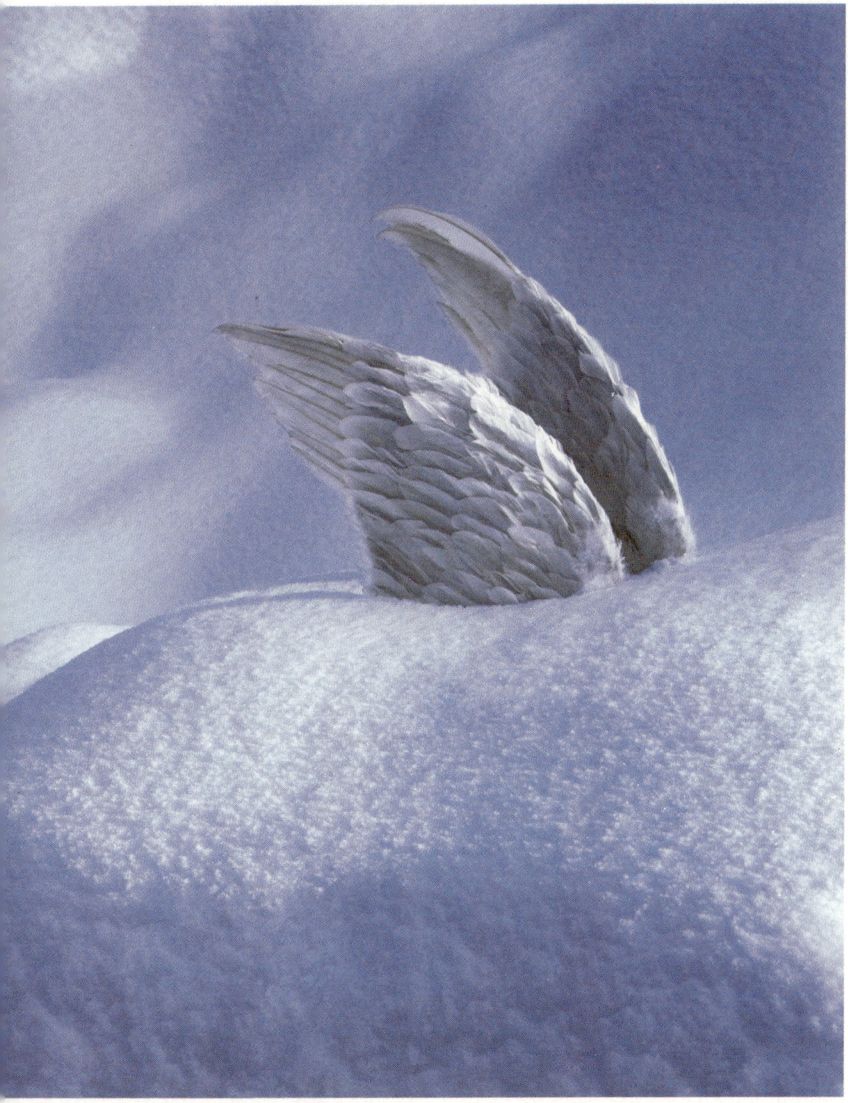

# 不要同时打开
# 两个痛苦的抽屉

━━━━━━━

人生总有一些绝对痛苦的瞬间,那种痛苦,无论什么样的慰藉都很难令我们撑下去:迫切渴望的东西没能得到;非常珍重的东西被抢走;不管怎么努力,都无法修复那种挫败与丧失的虚脱感;我们的身心被撕得粉碎。

这样的时刻,我们能做些什么呢?我们如何能撑过那"绝对的痛苦"呢?

我自己也多次经历过这样的时刻:我深爱的家人或好友离开这个世界的时候;押上了我全部的人生筹码,到头来却发现根本无法实现既定目标的时候;失去了自己所爱的人的时候;成了一个孩子的父亲,却发现自己无力摆脱经济困境的时候……

很多时候,我要去面对在冷酷的现实面前无能为力的愧疚。热情像木乃伊般干枯，躺着无法入睡，站着也无法振作的朦胧状态将我吞噬……

这样的时刻，该怎么做呢？

我先让自己的身体动起来。

因为我认为身心是连在一起的，所以在需要摆正心态的时候，我会努力端直身子。心"塌"了，身子也会"塌"下来；体力逐渐变弱的话，心也会无限地下沉。我经历过好几次这种恶性循环的反复，所以当心累的时候，我会努力管理身体。

首先就是远离烟和酒。平时酒喝多了的话，第二天总会无缘无故地产生一种空虚感和悲伤感。那些日子该有多郁闷啊！现在，我已经在戒烟了。即使在之前烟不离手的日子里，我也是在感觉心累的时候尽量少抽烟，取而代之的是多做运动。

我尤其喜欢游泳，使劲儿憋一口气，然后跳入深水之中，就好像重新回到了母亲的腹中，有一种与外界隔绝、被保护起来的感觉。游泳是一项强有力的全身运动，长久坚持后我发现，因为运动后全身乏力，我的失眠症消失了，再也不必苦恼地辗转反侧到天亮了。

在这样的日子里，独处的时间变得多了起来。自己一个人待着是一件很困难的事情,因为很容易陷入苦恼与忧虑的旋涡中。

人们在独处的时候会打扫卫生、看书、看电影或电视,总之,会尽力把注意力转到别的什么事上。我独处的时候喜欢写作。不是写书或者为专栏写供别人看的文章,而是像涂鸦似的随便记下毫无头绪的一些文字。

就像电影《超能查派》里的机器人将自己的灵魂转移到电脑上一样,我也把自己问题的根源和压力、感情、想法等全都写出来,就感觉自己脑海里的问题全部转移到了纸上。这不是"复制",而是"剪切—粘贴"的过程。在将忧愁和痛苦写到纸上的过程中,我希望自己脑海里的那些东西都能被清空,于是更加努力地写。

这并不是天真的设想。有这么一个实验:把面临考试而忧心忡忡的学生分成两组,让其中一组直接进行考试,而让另一组在考试前简略地写下自己担心的事。

结果,在考试前写下自己担忧之事的那一组成绩更好,因为他们扔掉忧虑,能够全身心地投入考试。这也说明了写作可以从某种程度上缓解忧虑。

尽管如此,当碰上"绝对的"痛苦时,这些方法就全不奏效了。有一次,因为我实在太难受了,结果去精神科接受了几个月的治疗。

医生给我开了各种各样的药，吃了却不见什么效果。

医生也慌了，就像给世界杯分组似的把那些药也分类组队，干脆让我"成队"地吃，但还是无济于事。后来，困扰我的问题一解决，身体也像什么事都没发生过似的完全好了。那时，我真切地感受到，身体固然重要，但是心的问题还是需要心来解决。

当我独自调整心态的时候，最先想到的是药柜，就是中药房用来保管药材、有着许多小抽屉的那种药柜。我也像药柜那样把我的心分成好多个抽屉。

每个抽屉里都按类别装着：工作方面有上课、行政、书、演讲、研究课题；家事方面有母亲、子女、妻子、兄弟姐妹；人际关系方面有不同的人、不同的聚会；等等。我所有的想法都按类别装在里面。

当然，困扰我的那件让我忧虑的事情放在最下面的抽屉里。我要尽量做到不同时打开两个抽屉：工作的时候只打开工作的抽屉，想着家事的时候就只打开家人的抽屉。总之，就是不管什么时候都专注其一，而不同时打开两个抽屉。

虽然没那么容易，但是只要经常练习、持续努力，在某种程度上也能临时关上痛苦的抽屉，即使没那么完美。

这也不行，那也不行的时候，还有最后的撒手锏——"蜷缩"。

就像遇到天敌时在保护色的掩护下紧紧缩起来的昆虫,把心缩减,缩减,再缩减。这时,我想到了核桃,坚硬的外壳里藏着美味果仁的核桃。

是的,我最后的堡垒是核桃。

> 蜷缩着、泛着保护色的所有事物都很可悲
> 默默地,希望自己不被发现
> 闭着眼睛,希望正在等着自己的东西
> 消失,消失
> 仅仅是希望着
> 比那地面还深地
> 迫切地希望着
>
> ——朴莲浚《蜷缩》

把自己的心当作果仁,用坚硬的外壳把心层层包裹起来。不管是海啸还是台风,只是期待着折磨自己的那些苦恼统统消失,"比那地面还深地、迫切地希望着"。

读着诗人朴莲浚的诗集《父亲,管我叫小姨子》,我想象着诗人是在何种绝对痛苦中写下的这首诗。父亲已经完全记不起女儿了,只是觉得女儿和自己的妻子有点儿像,就把女儿叫成了小姨子,而女

儿也只能无奈地把那样的父亲"晾在"医院（情节选自诗集中的一首诗——《变成了蛇的父亲》）。

诗人或许也正是紧紧地蜷缩着、希望着，那种无奈与迫切，比海底还要深……

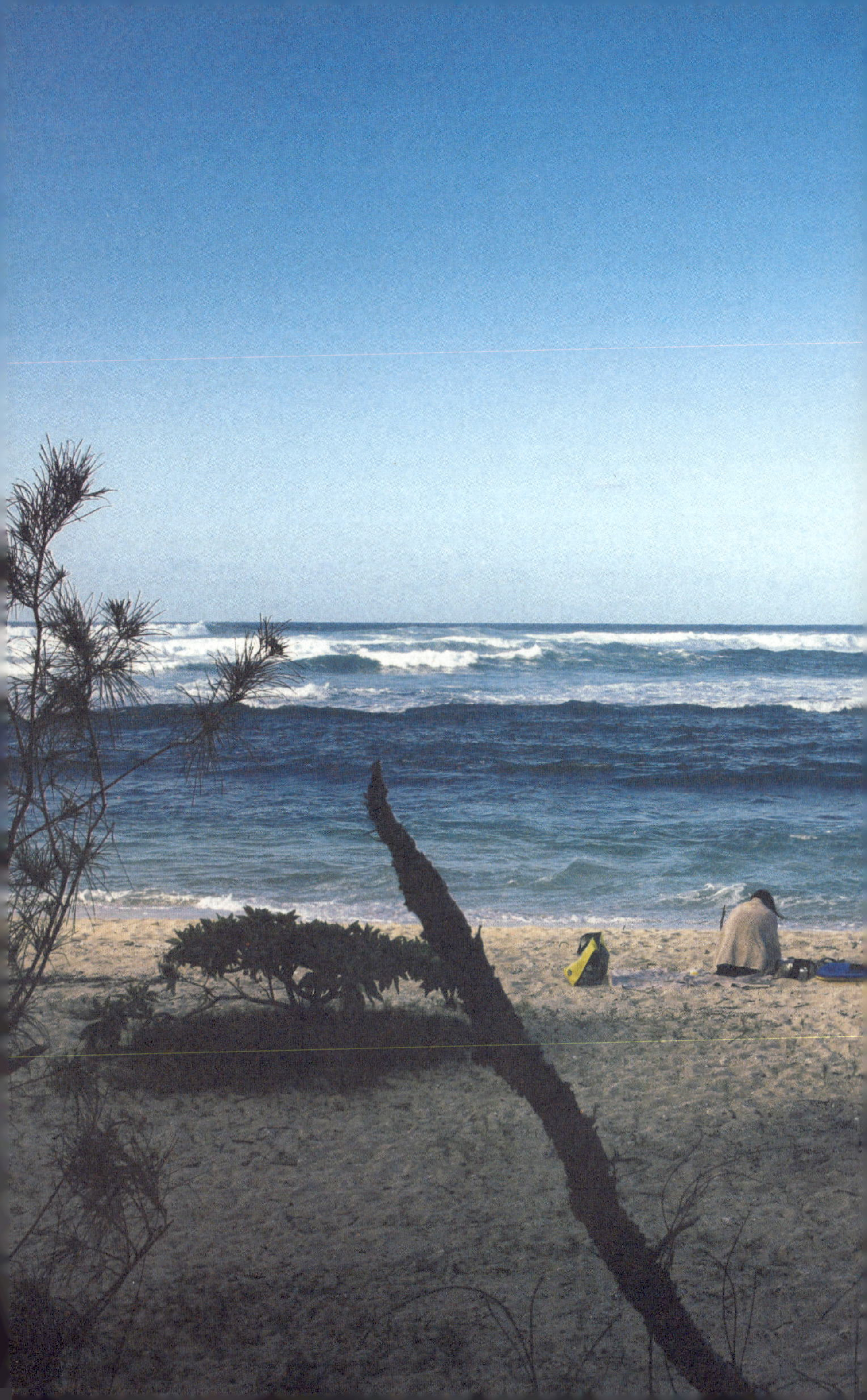

这也不行，那也不行的时候，
还有最后的撒手锏——"蜷缩"。
就像遇到天敌时
在保护色的掩护下紧紧缩起来的昆虫，
把心缩减，缩减，再缩减。
用坚硬的外壳把心层层包裹起来。
不管是海啸还是台风，
只是期待着折磨自己的那些苦恼统统消失，
"比那地面还深地、迫切地希望着"。

# 幸福
## 不是唯一的答案

———————

即使有空,也只能在网上与互通消息的老朋友们聚会。

真是年龄越大,朋友反而越少,大家慢慢变成了"虚拟朋友"。因为工作而打交道的人,见面的机会反而比跟家人见面的机会还多。成年人的生活就是如此,想念的人远在他方,而不喜欢的人却近在咫尺。

这次组织同学聚会的总务发了狠话,说不管是以工作还是以家庭为借口,都没用,必须全部参加。我是不怎么参加同学聚会的,但是这次我觉得有必要去。不仅仅是因为义务,还有一种很难确切地说出来的渺茫的期待。

终于到了聚会的当日。我到得有点儿晚……果不其然,她也来了!大学时期一直怀着美好的感情注视着的那个人,虽然现在连当时分手的原因都不记得了,但就像褪色的照片,和她的点滴偶尔也会在脑海中浮现。她,就在那里。因为座位离得远,彼此只用眼神打了下招呼。

正式活动结束后,大家移动位置的时候,我们才说上了话。简单地打了招呼后,又说起了各自的近况等——所谓的"不越线"的一些问答。如果聊到这里便结束该多好,结果她最后问的那句话,我回到家之后,还长时间地回响在我的耳边。

你幸福吗?

这问题,什么意思?是真的想确认一下曾经的恋人是否安好吗?还是有言外之意,"不管怎样,我就知道你是个心胸狭窄、满腹忧虑的人"?是在暗暗指责我吗?或者,就像"吃饭了吗"一样再普通不过的形式上的问候罢了,只是我自己想得太多了?

脑子里一片混乱。

撇开那些复杂的念头,她问的最后一个问题,我又冷静地问了一遍自己:"你幸福吗?"

很多人都在谈论幸福。人生的目标是幸福,我们一定要变得幸福,诸如此类。传授如何变得幸福的书和电视节目近乎泛滥,甚至还有把这作为学问进行系统研究的。我也是如此，在上课或演讲的时候，理所当然地把幸福放在"人活着的理由"的金字塔的顶层。我还强调，如果被金钱或物欲、权力之类的东西绑架了，那就大事不妙了！"人生的目标和手段的食物链"最上面的应该是幸福，我从没怀疑过这一点。

但是，幸福这种情感并不像人们说的那么简单。那么，你呢？当别人问"你幸福吗"时，你能充满自信地回答"是"吗？

不单单你会犹豫不决，恐怕能够回答出"啊，我真的很幸福"的人寥寥无几。即使没有经历过悲伤，表面上看起来具备了幸福的全部条件的人，也很难大大方方地回答"我很幸福"，并不是只有你才那样局促不安。

据说，幸福也就是"happiness"，这一词语源于古代斯堪的纳维亚语的"hap"，意思是"像运气或机会一样非常罕见，不易发生的事情"。没错，幸福是一种宝贵的情感，是当我们实现了或者获得了什么，那种膨胀感涌来的时候，刹那间感受到的情感。正因为它稀有，所以才珍贵。所以，如果有谁突然问"你幸福吗"，我想你真的很难给出肯定的答案。幸福就像我们一直汗流浃背地爬山，在到达山顶的那一刻掠过脸庞的风。与我们在人生中努力寻求幸福的漫长岁月相比，真正感到幸福的时刻都是昙花一现。

幸福的情感持续的时间为何如此之短？

学者们就这个现象从各方面进行了说明。

进化心理学学者们指出，比起美好的回忆，糟糕的回忆保持得越长久，就越有利于生存。也就是说，比起长时间只抱着美好的回忆懒散度日，记住那些不好的回忆并保持清醒的状态更有利于人类从危险的天敌手中存活下来。

有的学者还从荷尔蒙的角度进行了说明。幸福感主要是在人体分泌多巴胺的时候才能感受得到，"新的"快感等因素是多巴胺升高的直接刺激因素。神经系统一旦产生了适应性，多巴胺的分泌就会减少，刺激感也会随之减少，甚至消失，所以幸福感是很难持续的。

有一个实验结果是，对于同样的金额，亏损和赢利的感受是不同的——亏损的时候，人们会觉得失去的是实际金额的 2.5 倍多，而赢利的时候则没有这样的"错觉"。也就是说，人天生的痛苦感大于幸福感。

说到底，这些理论所共同主张的便是：实际上，人很难经常维持幸福的状态。所以，与幸福相反的词并不是不幸，而是"日常"。我们不能说"因为现在这一时刻感受不到幸福，那便是不幸"。

即便如此，还是有太多的人被"不幸福不行"的强迫观念所束缚。如果给这个现象加个名字，应该是叫"幸福的独裁"吧？被束缚的人们，每当在大街上或者 SNS 上旁观其他人的生活时，都会产生自愧感："别人都那么幸福，而我呢？"要想摆脱这种不幸的状态，重新感受到幸福，就得需要新的刺激，所以人们就会购买新品、不断地约见新的朋友等。

但是，想想吧，现在和我在一起的家人、朋友、认识的人，还有虽然不华丽，但是用我自己的双手获得的那些东西……这所有的一切，都会给人以大大小小的幸福感。因此，不能说"因为无法将瞬间所感受到的强烈的幸福感一直持续下去，我就是不幸的"。也许幸福就像镶在玛芬蛋糕上的巧克力颗粒，你不能只把巧克力抠出来吃掉。

这是一个倡导幸福的时代，但这种对于幸福的过分执着反而令我们感到不幸。这种不幸的根源在哪里呢？也许，现代的消费社会就是制造"不幸福不行"的强迫感的社会。而且，为了摆脱不幸，人们又无休止地劝导你改变自己的外貌、你拥有的物质，以及你住的地方。这世上似乎有太多能让你感到幸福的东西，只要打开钱包，便马上唾手可得……广告背后，有着深藏不露的心机。

在这个社会，当你感到不幸的时候，就是其他人赚钱的时候——通过购物、商品化的闲暇活动、药和整形手术……

果真如此吗？如果真是这样的话，那我们人生的目标就是用各种手段最大限度地延长幸福感吗？

*幸福从来不是我的人生目标。在安逸或幸福的基础上*

**建立的道德体系仅适用于牛群。**

这是爱因斯坦说过的话。他相信人类的存在不是为了追求安逸和幸福,而是有着更积极的意义。这就好比印度教和佛教的终极境界"涅槃"不是"变得至极幸福",而是"从想获得那种幸福的欲望中解脱出来"。

所以,不是"我现在因为感觉不到幸福而痛苦",而是"如果我现在没有感到不幸,那这平凡的日常就是真正的幸福"。

我们需要这种平和的心态:幸福不是源于我们所拥有的,而是源于自己的态度;幸福不是人生的目标,而是生活的方式。

"我就是我。""即便如此,我依然是珍贵的。"我们需要这种自我肯定的心态,这种肯定不取决于钱包的品牌,也不取决于名片上印着的身份,更不取决于他人有心无心的"点赞",而"依存"于自己的心态。只有这种"质朴"才能带来不像晚霞般消逝,可以持久的、真正的满足感。

幸福是个妖怪,因为只有从"应该幸福"的强迫观念中解脱出来,才能真正持久地感觉到幸福。这看起来很矛盾,但是引导我们走向真正幸福的,也许正是如实地接受这种"幸福的超越",而不是争着要变得幸福的斗志和努力。

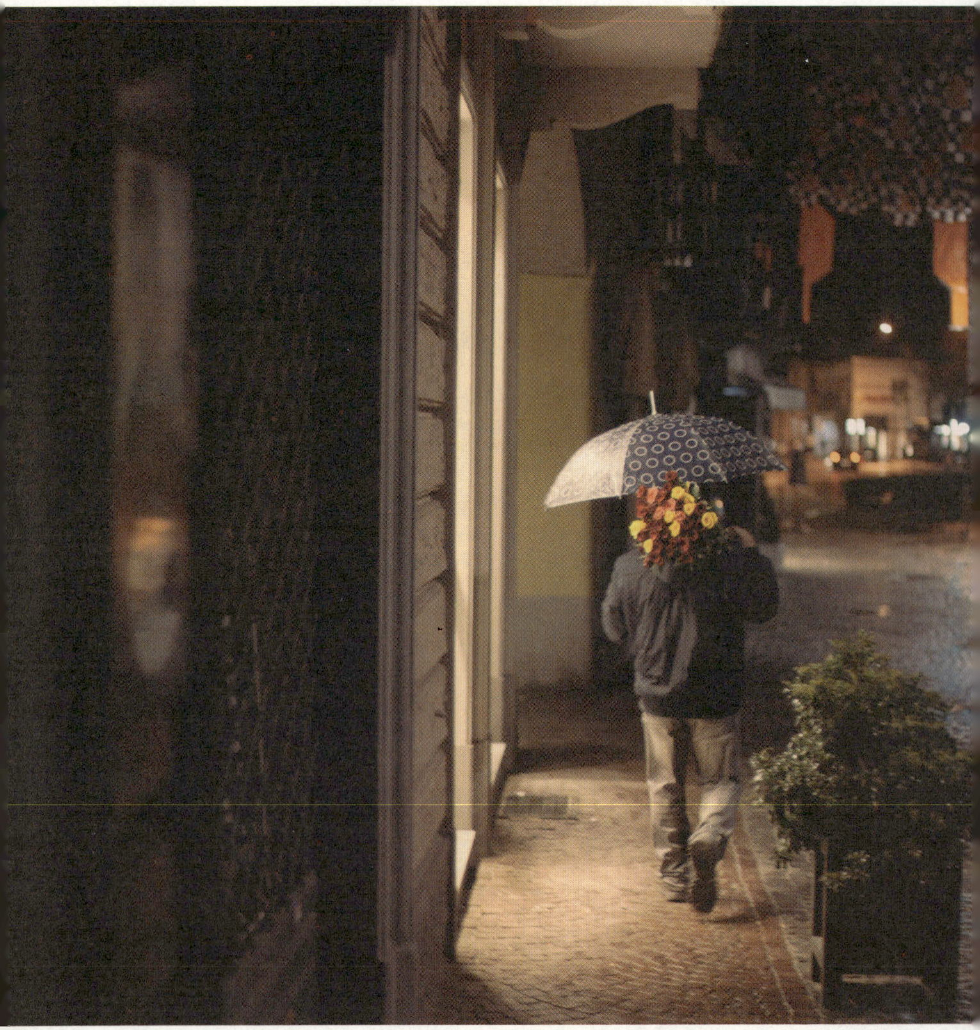

现在和我在一起的
家人、朋友、认识的人，
还有虽然不华丽，
但是用我自己的双手获得的那些东西……
这所有的一切，都会给人以
大大小小的幸福感。
因此，不能说"因为无法将瞬间所感受到的强烈的
幸福感一直持续下去，
我就是不幸的"。

只有这种"质朴"才能带来不像晚霞般消逝，
可以持久的、真正的满足感。

# 人生的每个选择，
# 都是自己与自己的厮杀

我去看了音乐剧《变身怪医》，演出的点睛之笔果然还是在于表现主人公内在善恶相碰撞的歌曲《生死对决》(Confrontation)。演员一个人在杰克和海德之间来回切换着演唱，将主人公陷入分裂绝境的那种矛盾情感诠释得入木三分。

一起观看的人无不感叹："一个人怎么可以发出不同的嗓音呢？就像两个人在轮流歌唱。"

很多时候，我都能切实地感受到在自己的内心有好多个"我"。比如，在休息日的早上，正在写这篇文章的时候是怎样的呢？有写文章的我，还有想马上跑出去看电影的我，也有什么都不想做，只想睡上一觉的我。我想你现在也是如此。有正坐着看这本书的你，也有将要做的事情搁置，只想躺着看看书而自责的你，还有看着朋友短信发过来的啤酒表情包而犹豫着要不要去喝一杯的你。

此时此刻,正是"想写文章的我"和"想读书的你"战胜了"其他众多的自己"而在此相遇。

还有更严重的矛盾时刻:利己的我和利他的我,想着眼下的我和计划着未来的我,懒惰的我和勤奋的我……不停地冲突着。之后经过多个自我混乱的对决,最终做出选择。"我"这个存在,本身就是众多选择的结合体,用英语说就是"I am what I have chosen"——我的选择即为我。

问题是,我们并不能经常做出好的选择。在诱惑面前,理智常常显得苍白无力,"冲动的我"轻易地战胜了"理智的我"。每当因自己的选择而后悔的时候,我就会埋怨当时做出决定的我:"我当时到底是怎么了,竟做出这种事?"甚至想象着,如果能够将那些有问题的我一个个除掉,只留下最善良、最诚实的我,那该多好。

但是,我真的想要那样的我吗?我会满足于变成至善至纯的我吗?不经过内心激烈的矛盾煎熬而实现的成就,会有多大的意义呢?

这并不是"没有诱惑或越轨,生活可能就会索然无味"的问题,而是与我们存在的本质相关的问题。我们不单单是因为实现了什么,而是因为一边解决无数个内心的矛盾、抵制住一个个诱惑,一边一步步地走向前方,因而才具有真正的意义。

从这一点上来看，我们不必扼杀或否定内心存在的"坏的自我"，而是要好好地安抚它，与之共存。打个比方，"我"好比就是要协调好众多各不相同的"我"的合唱团指挥，"我"的职责不是扼杀个性，只留下一个声音响彻四方，而是要更好地发挥每个人的个性，打造出圆润的和音。

我想到以前在军队服役时遇到的小队长，当时他正在实习。30多名队员中，有一名又懒又不听话，还满腹牢骚的队员，令全队都很伤脑筋。我就发牢骚，说那种人要是能转到其他部队就好了。当时，小队长这样说道："因为不听话就把自己的部下送走，那还需要什么小队长？退伍前把那家伙变成最优秀的士兵可能没那么容易，但是把我们小队打造成最优秀的队伍却不是不可能。我和其他人都会好好地鼓励他、引导他。"

小队长的话让我大受启发。那时我才明白，所谓的"领袖"，不是消除有问题的人，而是协调好个性各不相同的一众人，进而把整体带入一个更好的状态。虽然我现在已经不记得那个小队长的名字了，但是我相信他现在一定成了一位优秀的指挥官。

是的，我就是"我"这个队伍的小队长，是不断地劝导懒惰的我、自私的我、无法扔掉坏毛病的我，将我的人生引至最佳状态的领袖。其实，指导一个人，反而比指导数十、数百人的队伍更不容易，因为从自身的行动和判断上后退一步客观地看待自己并非易事。

世上培养出全世界最优秀舞蹈家的最棒的老师，你知道是谁吗？是镜子。在漫长的人生岁月中，为了不断地成长为最好的我，那个作为指挥官的"我"一定懂得观察自我的"我"。在人生的每个紧要关头，我们都要像照镜子看待自己的诸多变化那般练习如何冷静地正视自己。

因为人生这场戏终究只有自己才会看到最后。

世上培养出全世界最优秀舞蹈家的
最棒的老师,
你知道是谁吗?
是镜子。
在漫长的人生岁月中,
为了不断地成长为最好的我,
那个作为指挥官的"我"一定懂得观察自我的"我"。
在人生的每个紧要关头,
我们都要像照镜子看待自己的诸多变化那般
练习如何冷静地正视自己。
因为人生这场戏
终究只有自己才会看到最后。

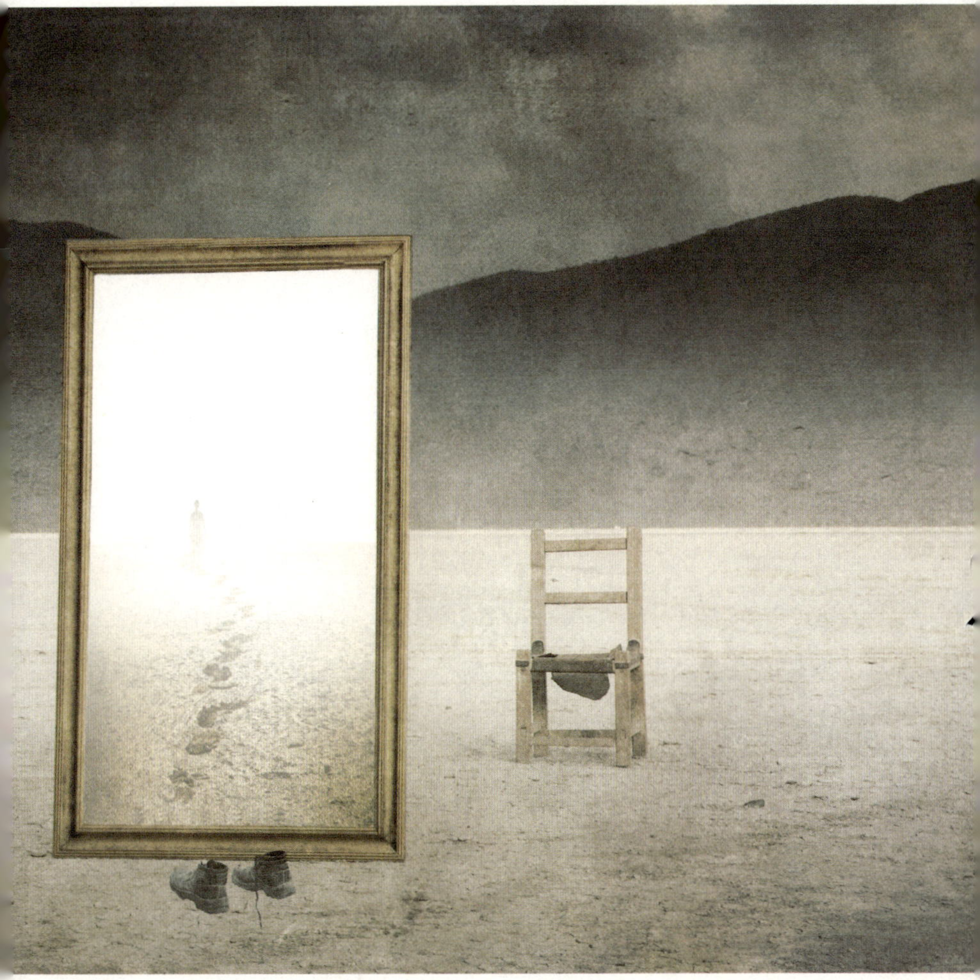

## 成长
### 归根结底是寻找自我的过程

这世上最难的问题,也是最折磨我的问题,或许也是现在的你最头疼的问题,那便是:"我是谁?"

KBS(韩国广播公司)自1999年开始播出学校系列剧,其中《学校2015》的副标题是:"Who are you?"(你是谁?)20世纪90年代中期,有一部令日本年轻人为之沸腾的动画片叫《新世纪福音战士》,我现在还记得其中的一个场面:主人公碇真嗣和外星怪物打着打着,突然反复地问自己:"我是谁?"

在希腊神话中,人类有一个必须回答的原始问题。怪物斯芬克斯拦住过往的路人,问他们:"什么动物早晨用四条腿走路,中午用两条腿走路,晚上用三条腿走路?"猜不出来的人就会被它吃掉。大家都知道,这个谜语的答案是"人"。是不是很有趣?人类要解答的第一个问题竟然就是"人"。不知道斯芬克斯是不是这样想的:"如果连自己是谁都不知道,死了也活该。"

"我是谁",是人类怀揣的最根本的疑问。

特别是在无法回避成长之痛的青少年时期,这个疑问会爆发似的蹦出来。也许是因为两个世界的碰撞吧:未成年人的世界和成年人的世界;家庭之内的世界和外面的世界;期望的世界和现实的世界;光明、正面的世界和黑暗、负面的世界……

青少年时期就像毛毛虫变身蝴蝶脱胎换骨的时期,需要撕开包裹着幼虫的"孩童世界"之茧来到这个世界。那就必然需要否定自己的世界,才能与新的世界相遇。这是宿命般的"自我否定"的时刻。

也许正是因为如此,在赫尔曼·黑塞的《德米安:彷徨少年时》中才会多次出现"世界"一词。小说第一章的题目也用了"两个世界"。青少年之所以痛苦,是因为他们不属于两个世界任何一方的中心,而只能在周边彷徨。《德米安:彷徨少年时》很犀利地指出并温和地认同了这一"边境性"。

这本书的主人公辛克莱是一个孤独的少年。

> 孩子们一开始会捉弄我,后来便不理睬我,他们觉得

> 我是个孤僻、令人不爽的异类。我心里却很喜欢这种形象，于是索性变本加厉地扮演着这一角色。我表面上有着对这个世界"最男人"的轻蔑，私下却常常被啃噬着我的心的忧愁和绝望所淹没。

这令我想起了自己的学生时期。啊，那不安地颤抖着的、软弱而伪恶的自己！在读这本书的时候，你和我都是辛克莱。

《德米安：彷徨少年时》大体讲的是，从"光明世界"走出来，第一次经历"黑暗世界"而困惑和焦虑的辛克莱，遇到了名叫德米安的少年，继而获得启发，踏上了寻找自我之路的成长历程。辛克莱的成长不单单被编入"成年人的世界"，也是寻找"真正的我"的过程。那么，真正的我到底是何种存在呢？

> 不管是谁，都不仅仅作为个体存在，他是世界万事万物的交叉点——仅此一次的、独一无二的、无论什么情况下都至关重要而又引人注目的焦点。世间纷繁万象在此交会，仅此一次，永不再现。因此，每个人的故事都是宝贵的、永恒的、神圣的。任何人只要仍旧存活于世、顺应自然，不管是谁，都是伟大的存在，值得我们去用心关注。

是的，不管曾经是多糟糕、多令人不快的异类，我也绝对是值得瞩目的、神奇的存在。

朋友啊，刚刚走出少年世界，还没能进入成年人的世界就不得不迷迷糊糊地徘徊的朋友，不要忘记，你的心中怀着"宝贵的、永恒的、神圣的"故事。

现在，把那故事掏出来讲给我们听吧。

我想读过《德米安：彷徨少年时》的人都不会忘记阿布拉克萨斯。如果要给这本书中的内容划出唯一的重点，人们十有八九会选择下面这段话：

> 鸟奋力从蛋壳中挣脱出来。蛋即世界。若想出生，就得摧毁一个世界。鸟飞向上帝，这个上帝名叫阿布拉克萨斯。

读了好几遍，我都觉得这句话很精彩。但是，最近重读《德米安：彷徨少年时》的时候，另一段话令我印象深刻，那便是德米安的母亲夏娃夫人的一段话。

> 任何人都应该寻找自己的梦，那样的话，人生之路就会变得容易起来。但是，没有梦可以永远持续。新的梦总会挤走旧的梦，我们不可以想抓紧任何一个梦。

053

大家都说现在我们的社会是"给不了青年梦想的社会"。当青年被问到"你的梦想是什么"而回答不出来的时候，大人们就会撇着嘴说一句："年轻人得有梦想啊！"

梦想，梦想，梦想！这该死的梦想真是个问题。

有两个年轻人。其中一个，尽管年纪轻轻，却很自信，他明确地说出了自己的目标："我的梦想是成为一名出色的厨师。"而另一个却很害羞地、犹豫不决地说道："说起来有点儿丢人，我还不知道自己的梦想是什么。"在我的前一部作品《因为痛，所以叫青春》中，我把有明确目标的学生称为"箭派"，反之称为"纸船派"。

年轻人为了梦想而勇往直前的这种信心当然不是不好，但也不是所有人都得有一个一成不变的、明确的梦想。人活于世，经历会变，社会会变，因此梦想也该随之而变。过于勉强地固守儿时的梦想，一不小心就可能成为束缚自己的脚镣，而非翅膀。

从这一点来看，夏娃夫人的忠告之言是充满智慧的。有梦想是件好事，因为它给了我们将这艰辛的人生路走下去的理由。但梦想又不是永恒的，随着自己的成长，应该让新的梦想不断地去填补空位。人生既不是像箭那般朝着目标飞去，也不是像纸船那样到处漂荡，抵达连自己都不知晓的目的地。人生就像有条不紊地爬上弯弯曲曲的登山路的台阶，每上一个台阶，就会比之前高一点，也会看到不曾见过的风景。每一次攀爬上更高的台阶，都好像能实现自己的目标，结束这段旅程，但爬上去一看，又发现了新的台阶。这种无休止的攀爬，虽然漫长、艰辛、没有尽头，但也因此而有趣。

我们重新回到开头的问题吧——我是谁？

如果你问路上的陌生人"你是谁"，可能很多人会回答："我就是我呗，还能是谁？"这听起来像是因为不耐烦而敷衍了事，但也许是最核心的回答。

是的，我就是我，不同于任何他人，有着独有的个性。我们不断成长的过程，不是为了赚钱或获得地位，而是寻找真正自我的过程，不是吗？

我们每个人被赋予的真正使命，就是寻找自我，仅此而已。

《德米安：彷徨少年时》一书中，写满了关于"寻找自我的宿命之旅"的经典语录，在这里，我只是引用了其中的几段，希望书前的你能够领悟出比这些段落更加闪光、只属于你自己的宝石般的真谛，打破虽然温暖但不成熟的幼年时期的蛋壳，站在新的世界面前寻找"真正的自我"。希望《德米安：彷徨少年时》能够成为你最棒的指南针。

人生既不是像箭那般朝着目标飞去,
也不是像纸船那样到处漂荡,
抵达连自己都不知晓的目的地。

每上一个台阶,
就会比之前高一点,
也会看到不曾见过的风景。
每一次攀爬上更高的台阶,
都好像能实现自己的目标,结束这段旅程,
但爬上去一看,又发现了新的台阶。
这种无休止的攀爬,虽然漫长、艰辛、没有尽头,
但也因此而有趣。

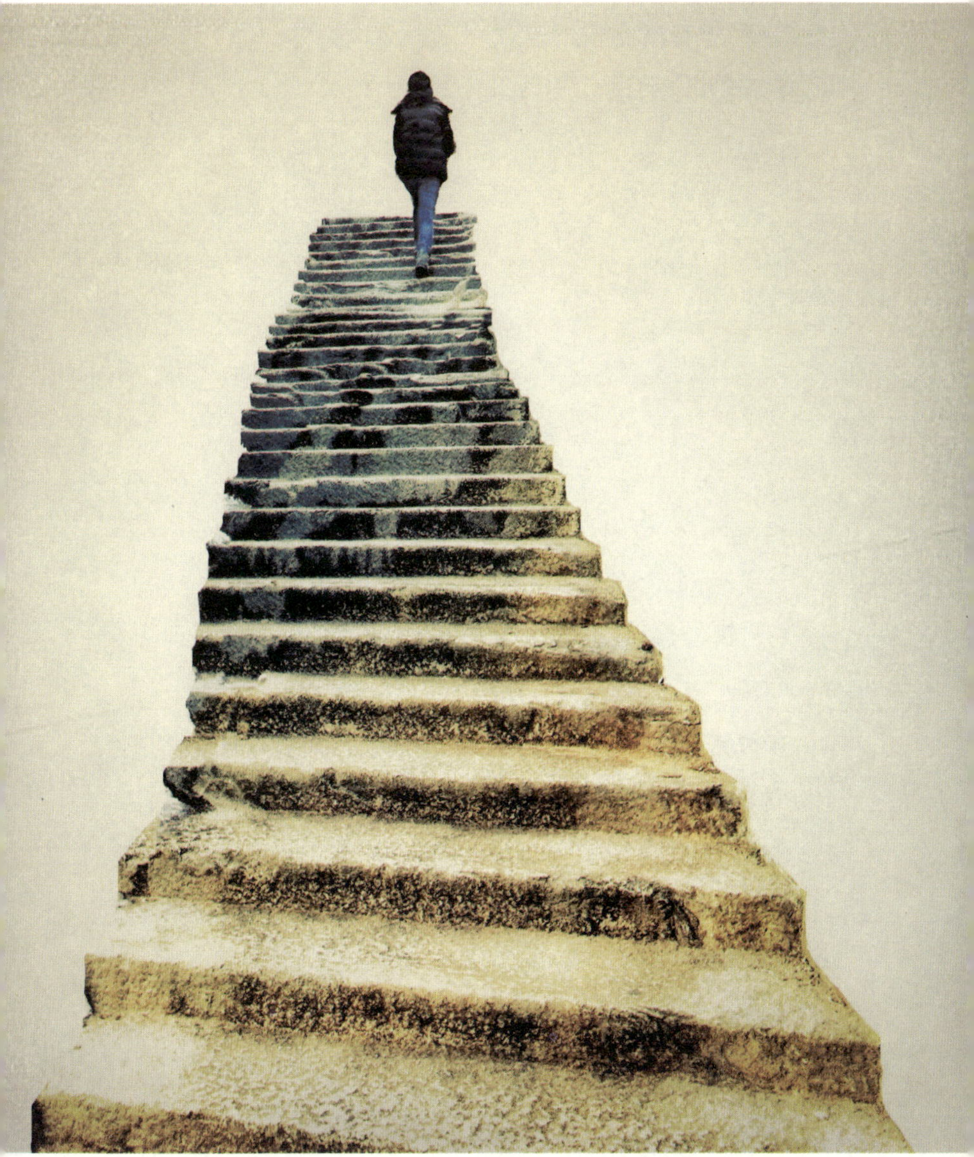

## 如果你很快就会死去，怎样才能不留遗憾

───────

我父亲是 55 岁时去世的。我现在 52 岁，如果我也只能跟父亲活得一样久，也就是说，三年后，我就会死。

每当我这样说时，身边的朋友都会大吃一惊，并告诫我即使是开玩笑，也别这么说。

就像插在花瓶中盛开的花，水一干花就瞬间凋零似的，平时健健康康的父亲，却因为忽然被确诊为癌症，就令人猝不及防地离开了这个世界。所以对我而言，这绝不是恶作剧的玩笑话。我和父亲过早的离别，让我早早地学会了以平静的姿态面对死亡。

我终究也会死，只是不确定是什么时候而已。

我会在多少岁的时候死去呢？真的好想知道。如果说有比健

康、长寿更令我期盼的，那就是"能够准确地知道何时会死"。当然，我也知道这是不可能实现的愿望。健康和长寿，只要努力的话，在某种程度上是可以实现的，但是准确地知道何时会死则是不可能的。

尽管如此，我仍旧想提前知道自己的死期，这源于不想虚度余生的野心。如果真的像父亲那样，三年后，我注定会死，而我又提前知道了，那么我现在的生活肯定会完全大变样的。因为我的余生已经不多了，对于仅存的宝贵时间，我想充分利用起来。

我想到了史蒂夫·乔布斯。有关他的传奇故事非常多，但是我个人印象最深的是 iPhone 横空出世时，我对他的感觉。大家都为 iPhone 疯狂，我却摇了摇头。

老实讲，我当时对他的决策有点儿摸不着头脑——我无法理解他为何选在那个时间推出 iPhone。

我曾经很喜欢音乐。学生时期整天带着"随身听"，以至于后来只要出了像便携式 CD 播放器或 MD 播放器一样的新式音乐播放器，我都会试一下才罢休。

记得当我第一次接触 iPod 时，我简直惊掉了下巴。它不需要磁带，也不需要 CD，更小、更轻！对我来说，它真的是"梦想般的播放器"。

之后，苹果产品又不断地更新换代，接连出了 iPod classic、

iPod shuffle 等版本，个个都是惊喜！其中，最令我惊艳的是 iPod touch。iPod touch 是一款有屏幕的 iPod，不单单可以用来播放音乐，还可以通过应用程序实现各种功能。更重要的是，正如其名，只要用手"touch"（触摸）一下，就可以进行所有的操作。世上怎么会有这样的机器？！

我是学习消费趋势专业的，和各个电子公司共同研究并开发"具有潮流趋势的新产品"。所以，我不单单是消费者，怎么说也是以一个专家的眼光来判断的。

当我第一眼看到 iPod touch 的那个瞬间，我就预感到这是一款能养活"苹果"相当长一段时间的开天辟地的产品。

但是，"专家式的预感"跑偏了。就像大家所知道的那样，没过多久，iPhone 就横空出世了，iPod touch 马上变得黯淡无光、相形见绌了。

当然，iPhone 刚上市的时候，它无疑是比 iPod touch 更创新、更能改变世界的产品。但是，对于它的上市"时间"，我不能表示同意。

很显然，因为 iPhone 过早出现，iPod touch 完全"死"掉了。这种情况被我们称为"市场中的自相蚕食"（cannibalization），指自家的新产品打压掉了现有的产品。大部分企业都很忌讳这一点。

如果换成别的经营者，估计还会在一段时间内将iPod touch作为主力产品，当达到一定饱和度的时候再推出iPhone，这样可以将公司的长期利润最大化。但是，乔布斯为什么那么着急呢？

我真的很疑惑。往好里说，他是"自我革新"的典范，同时却又让人感到欠缺战略。

后来，当我看到乔布斯身患胰腺癌的新闻时，才明白他为何那么急于推出iPhone——因为他没有时间坐等公司长期利润最大化了。"不要为钱而工作。当睡下的时候，能因为自己干出了一番惊天动地的事业而感到自豪是很重要的。""死亡是最棒的发明。"那时，我才实实在在地领悟到他所说的这些话的含义。

乔布斯在某种程度上具体地预见到了自己的死亡，将自己余下的时间倾注在了最重要的事情上。

当然，我不是乔布斯那样的天才，就算能预见到自己的死，也绝不可能发明出像iPhone那样伟大的产品。即便如此，如果能知道自己即将死去的事实，起码我不会继续过我这惰性的日常生活，而是全身心地投入人生最重要的学业之中。但是，如果知道自己还能活很久，那就会是另一番景象了。

比起短时间内倾注全力，我会慎重地树立后半生的目标，并为实现这个目标而按部就班地准备。所以,我很想知道自己什么时候会死。

言归正传,我多大年纪会死呢?

如果我也像父亲或者乔布斯那样很快就会死掉,我应该做些什么呢?这个想法在我的脑海中挥之不去——倘若我只能再活三年,余下的时间里,我应该做什么呢?

没有时间了,得抓紧了。突然间,我心急如焚。父亲去世时,母亲和我在慌忙之中处理了各种事情。所以,首先,我应该打理好自己的一切,不能把烂摊子留给我的妻儿。还有就是要花更多的时间和家人在一起。对所有帮助过我的人,我都要表达我的感激之情。还要抽出时间去旅行,想尽快体验一下之前一直梦想的事情。

最近很流行"遗愿清单"一词,意为"死之前最想做的事情"。人们一般会写下10条,甚至100条。我还没写过自己的遗愿清单,但是,如果说我的死亡日期开始一步步朝我逼近了,那么现在我就该写一下遗愿清单了。是什么呢? 我的遗愿清单……

首先第一条,这个我很确定,因为从没变过,那就是"写好的文章"。

第二条是什么呢？冥思苦想许久后，我终于下了结论：不需要第二条。如果对自己的健康状况自信的话，十条或者一百条的遗愿清单都可以在退休后一件一件去实现。如果没有时间的话，最明智的做法就是只集中于第一条，就像乔布斯做的那样。

要做的事情变得明了了，我的遗愿清单的第一件事就是在死之前留下好的文章。

你可能会说，之前不是已经出过几本书了吗？这不是已经做过的事情吗？但是，我真的还没有写出好文章。

如果人生所剩无几，我真的很想在余下的时间里写作而死。我的电脑里有个名为"写作计划"的文件夹，里面又有好几个小文件夹。当我决定写某个特定主题的书后，我不是先专注地去完成一本，再接着写下一本，而是每当想起点儿什么时，就创建一个文件夹，把想到的东西写下来，放在那里。

这样日久天长，零星写下的文字在某种程度上便初具模样了，接着就是去完成这本书。所以，在我的"写作计划"文件夹里，写写停停的原稿就像尚未发育好的胎儿一样在那里成长着。

如果说给我的时间不多了，我想好好地把那些"尚未发育好的胎儿"养好，尽快将它们公之于世。谁知道呢？也许在这些文章中就会出现一篇令人满意的好文章呢。

遗愿清单中的第二条我放弃了。别说是第二条了,为了"真的非常重要的那件事",我还得牺牲掉迄今为止我所拥有的日常生活。远离像旅行那样耗时多的事情,以及电视或手机等日常生活中的"时间小偷"。

一旦拥有了生活的空白,在那个时间段里,我只想专心致志地读、想和写。尤其是工作,也得马上辞掉吧?站在我的立场上看,我应该最大限度地确保写作的时间。站在学生的立场上看,他们也不会喜欢一个只埋头写作的老师。

写着写着,我突然感觉变得相当悲壮。我真的能做到吗?

我希望,不,应该说是通过统计得出的一般性判断——预料自己三年内不会死,这才是合理的。我之所以假设这种非常极端的情况,是想确切地知道对我来说最重要的事情到底是什么。而且,不管活多久,我都想更加一心一意地专注在那件事上。

正如乔布斯所说,"死亡令人生变得清晰"。如果我不是只能再活3年,而是可以再活10年、30年,那我的遗愿清单第一条会不会变呢?结果,不管能活多久,都应该更加专注于第一条,不是吗?

如果注定三年后会死,你会专注于什么呢?

勿忘人终有一死,记住你的死。不管那会是什么时候,都要做到使人生遗憾最小化。

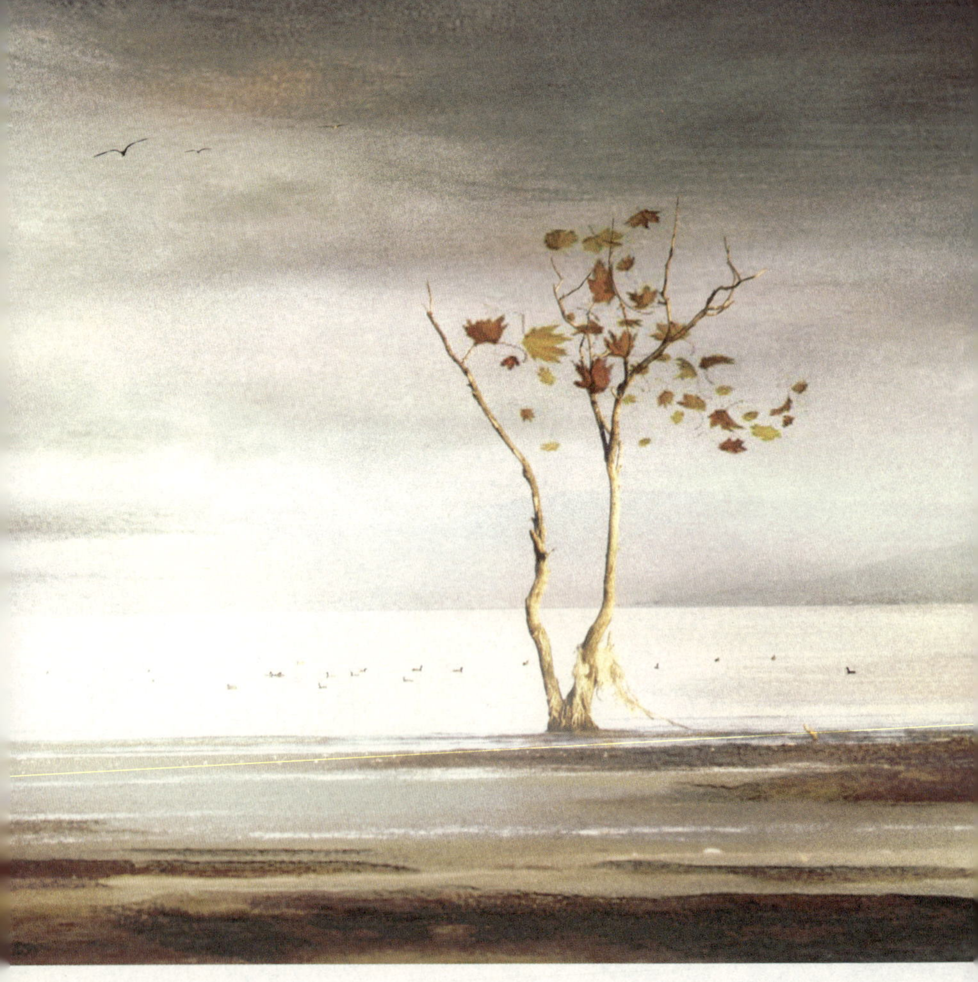

远离像旅行那样耗时多的事情,
以及电视或手机等日常生活中的"时间小偷"。
一旦拥有了生活的空白,
在那个时间段里,
我只想专心致志地读、想和写。

如果注定三年后会死,
你会专注于什么呢?
勿忘人终有一死,
记住你的死。
不管那会是什么时候,
都要做到使人生遗憾最小化。

# 第二章

## 如果你也在孤独地彷徨着

我们孤独地彷徨在人生道路上，
有时候拼尽全力往前走，
却还是在原地打转。
也许你暂时还找不到明确的方向，
没关系，那就好好活在当下吧！

## "轮形彷徨"陷阱：
## 为什么拼命往前走，却还是在原地打转

"您好！"

六个朝气蓬勃的女高中生打开了我昏暗的研究室的门。其中一个是我老朋友的女儿，她说想在学校的刊物上登载对我的采访，所以就找到这里来了。

对于采访，我一般都是拒之门外的。不过，我又挺好奇那个在她小时候见过她最后一面的小家伙现在怎么样了，于是就答应了这些小机灵鬼的采访。

首先，一个学生一板一眼地读着她们写下的提问内容：
"老师，您的座右铭是什么？"

座右铭？第一个问题我就蒙了。我的座右铭是什么来着？我跟孩子们说，先回答下一个问题。将后面所有的问题都回答完了，结

果第一个问题也就不了了之了。孩子们离开后,那个问题,我还是想了好久。啊,我得定个座右铭了。思索了一整天,最后想到了一句自己比较满意的:"Better me tomorrow."意思就是"明天,成为更好的我"。

如果让我选一个在演讲或做咨询的时候我最爱强调的关键词,那无疑是"成长"。我认为,成长是最重要的,也是最有趣的。

一步步地慢慢朝上攀登,当某个瞬间发现站在顶峰处的另一个自己时,那种满足感无与伦比。登山家蔑视缆车的那种心情便是如此吧。

著名哲学家巴鲁赫·斯宾诺莎说过:"幸福是感觉自己变得比过去更优秀。"成长带来无穷的满足感,我在其他书中也三番五次地讲过成长,但是这里我还想再说一下。因为成长这个主题有被多次提起的价值。

对那些因就业前途而苦恼的学生,我最常说的话就是"别去找手扶电梯啦!"手扶电梯真的是很便利的工具,只要脚一踩上去,一动不动地站着,它就能把我们送到很高的目的地。所以,上下班高峰期时,地铁站手扶电梯前总是站满排队坐电梯的人。

何止手扶电梯前如此!前不久举行了九级公务员考试,要选拔

3000多名公务员。据说，参加考试的人大概有20万。为了进入三星集团而参加职业适应性测试的人也有20万。不单单是在地铁站里，找工作的时候也是"手扶电梯"前人满为患。

当今社会竞争如此激烈，所以在只要把脚放上去就可以被带到很高地方的"人生电梯"前，年轻人茫然地排起了长龙。

但是，人生没有手扶电梯。

曾经坚信工作和资格证可以将我带往幸福和成功之处，结果希望很轻易地落空了；曾经以为安定的生活终于有一定保障了，结果发现生活的众多圈子中竞争都很激烈。

就算存在类似这样的手扶电梯，大部分也会在我们的人生中途停止。因为在现在这个社会，退休后还有二三十年的路要走。

时刻变化的潮流，要求我们"重置"已取得的成就。曾经被认为是我们牢固、有保障的手扶电梯，反而会成为妨碍我们成功变身的障碍物。

那么，从人群聚集的手扶电梯前抽身，应该去往哪里呢？答案是楼梯——用我们自己的双脚一个台阶一个台阶地向上迈的楼梯。受世人尊敬的人，不是年轻时就早早地拿下各种资格证并安于现状的"手扶电梯型人才"，而是不断成长、不断变化的"楼梯型人才"。

曾担任世界闻名的斯图加特芭蕾舞团首席舞者,现任韩国国立芭蕾舞团艺术总监的姜秀珍,学习芭蕾比别人晚了十年,因此刚开始时实力也落后于其他人。鉴于此,她并没有为踏入世界一流的芭蕾舞团而跳舞,而只是期望着"明天身子再轻一点儿,跳得再好一点儿,哪怕就一点点"。

> 我不去和别人比,埋怨自己的实力不足,我只是充实地过好每一天。如果一开始就定下"要去世界一流的芭蕾舞团"这个目标,也许我中途就会筋疲力尽而失败吧。把目标定得太大,一旦达不到,很容易绝望。所以,我会竭尽全力,充实今天这一天、现在这一刻。今天的目标达成后,第二天就会有信心,就会获得再次挑战的力量。

我也是跟自己保证,不要一次性跳跃,而是要每天一点点地成长。人生不是休假,也不是尽可能快地到达顶峰后,慢慢、长久地享受那种喜悦,而是不断向上的过程。因此,我们要不停地学习,学习,再学习。而且,为了更好地前进,我们还应该在一得空的时候就停下来,看看自己的位置。

我们要过的,不是坐手扶电梯的人生,而是爬楼梯的人生。爬楼梯的人生，即寓意着"不断回顾，一直努力"的人生。

韩语中有"轮形彷徨"一词，就是像轮子那样按圆形行走的意思。据说，人捂着眼睛往前走，每走 20 米就会向一边倾斜 4 米左右。所以，捂着眼睛走很长时间的话，就会"画起圆圈"，像轮子一样转圈。人生亦是如此。如果被欲望蒙蔽了双眼而盲目地行走的话，走着走着，就会又返回原地，重复着这种"轮形彷徨"。

如果不想"轮形彷徨"，方法倒是有一个。那就是觉得走到一定程度了，就把蒙着眼睛的眼罩取下来，回望一下自己出发的地方，然后以当前的位置为基准再确定一个新的目标地点，并继续往前走。

所谓的"成长"，不在于我们经历了什么，而在于我们对那些经历消化和吸收了多少。就像牛用胃进行反刍那样，我们也应该学会用脑进行反刍。

20 世纪法国最伟大的小说家之一的马塞尔·普鲁斯特说过："真正的旅行不是去寻找新大陆，而是寻找新的眼睛。"人生的意义也是如此：是否到达目的地并不重要，重要的是在去往目的地的过程中我们是否有所成长。

人生的目标不是一经定下就终生不变的"停滞的理想",但是,就是有人被这定格的理想紧紧地套住,而无法去做新的事情。

法国欧洲工商管理学院的一位教授称这种陷阱为"真实性的圈套"。意思是,人将自己的本质封闭在一个理想之中,一旦做了与之不同的事情,就会认为那不是真正的自己。结果,因为"真实性"这一借口,就会固执地坚持做自己常做的事情。如此一来,活着活着,重新回到原地的"轮形彷徨"的概率就增大了。

光而不耀,意思是可以闪光,但是不要刺眼。

欲望和急躁让我们无法有条不紊地爬成长的台阶,而是牵着我们去寻找可以实现一次性跳跃的手扶电梯,令我们彷徨。

想把自己耀眼的一面展示给别人的欲望,想尽快得到别人羡慕的焦躁,只有当我们将这二者转化成坚韧的成长的努力时,才有可能获得真正的成功。

人变得伟大的时刻,不是达成目标的时刻,而是满腔热情地去追求目标的过程。

前一段时间,我听到有人自嘲地开着玩笑说韩国是"平等社会"。不是说人们的"平等意识"很高,而是指房子有几"平"、成绩是几"等",这些成了人生的全部。

房子的大小或成绩的好坏只不过是个尺度,但是,如果把这些当成获得别人认可的全部，那人生的意义就会被这些尺度所取代。那么，你又是用什么来定位自己的人生意义呢？声望，地位，还是存折里的余额，又或是不断成长着的自己？

有"冒名顶替综合征"这样一种症状，是指获得了成功的人觉得自己"没有那个资格，是骗过周边的人才走到这个位置"，这体现了一种不安心理。

著名电影演员娜塔莉·波特曼还是童星时，她的演技便获得了肯定，之后的演员之路也是顺风顺水。高中毕业后，她同时收到了耶鲁大学和哈佛大学的录取通知书。最终，她选择到哈佛大学攻读心理学。此外，她还能熟练驾驭六国语言。

如此才华横溢的娜塔莉·波特曼，在2015年哈佛大学的毕业典礼上说："即便是毕业12年后的今天，我仍怀疑自己的价值。"她这句话道出了自己的冒名顶替综合征，引起了人们的热议。

看着波特曼的演讲，我想正是这种冒名顶替综合征指引着她成为一名世界级的演员。"我只是披着狮皮的驴"，这种恐惧反而鞭策着她，所以，最后那驴也真的可以变成狮子了。

波特曼在演讲中说："那种恐惧反而为我带来了好的结果。接受自己知识上的匮乏，并将此作为一笔财富。"怀着"谦虚的自信"

走自己的台阶，不断地成长，这不就是对成功的黄金法则的完美呈现吗？

Better me tomorrow.

看着自己的座右铭，我发誓"明天要成为更好的自己"。

韩语中有"轮形彷徨"一词,
就是像轮子那样按圆形行走的意思。
据说,人捂着眼睛往前走,
每走 20 米
就会向一边倾斜 4 米左右。
所以,捂着眼睛走很长时间的话,
就会"画起圆圈",
像轮子一样转圈。
人生亦是如此。
如果被欲望蒙蔽了双眼而盲目地行走的话,
走着走着,
就会又返回原地,
重复着这种"轮形彷徨"。

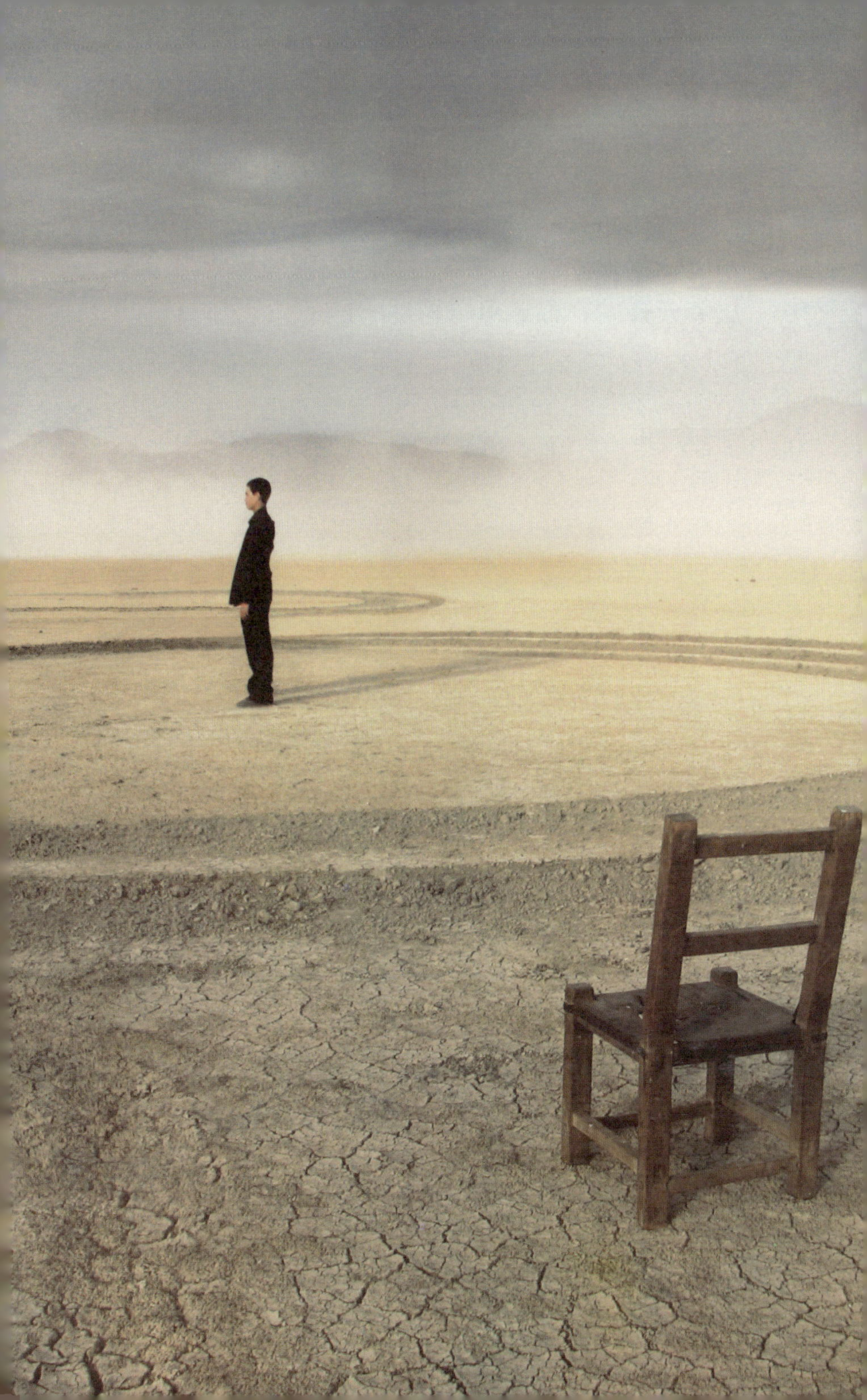

## 人生沙漏：
## 从今天开始，你还可以再活一次

无可奈何地落下。沙子，时间，人生。

我静静地看着沙漏，不知怎的，突然感觉很伤感。因为我意识到，以那么快的速度落下的，不仅仅是沙子，也是我宝贵的时间和余下的人生。沙漏，很生动地展现了我们岁月的短暂和余生的珍贵。沙漏的下面堆积着已经流逝的时间，上面是将要流逝的剩余的时间。

把已经流下去一半沙子的沙漏倒置过来，情况便发生了逆转，原本下面堆积着的流逝的时间变成了剩余的时间。转着沙漏，我冒出了徒劳无益的想法：如果我的人生沙漏可以倒置呢？如果可以按剩余的时间再活一次呢？

一阵空想之后，我真的开始算了起来。首先推算一下自己还能活多久。现在我52周岁，韩国男性的平均寿命是80岁，那我大概还能再活 28 年。28 年，这是个什么样的概念呢？用现在我的年龄减去 28 是 24。就像倒置的沙漏，如果余下的时间可以再活一次的话，也就是说，24 岁到现在的人生时间我可以再活一次。

24 岁，我刚好大学毕业。从那时起到现在，真的发生了太多的事情：去读了研究生，学习了与本科不同的专业；去军队服了兵役，回来后结了婚，有了两个孩子，还有了工作。当然，经历过接二连三地考试落榜，还经历了留学和做讲师时经济上不安的时期。回首过往，我的运气很好，与考验的纬线相比，机会的经线更粗一些。非常感谢我的好运气。

但是现在如果照镜子的话，真的可以说是惨不忍睹。24 岁以后，我的头发就开始稀稀拉拉地脱落，皮肤开始变得皱巴巴的，关节也开始酸痛起来。即便如此，28 年来，我不懈地成长着。

如果说从出生到 24 岁打下了身体和精神的基础的话，那之后的时间便是在塑造我的本质。假设我 24 岁大学毕业后进入公司工作，现在应该有相应的职务级别。如果当时做了生意，不管成功与否，我应该过着个体户的生活。24 岁以后的 28 年时间里，真的可以说是从白纸一张出发，造就了现在的我。而且，现在我剩下了和那段岁月完全相同的 28 年时间。

这段时间，我该怎么活呢？

也许是人到中年的缘故，和朋友见面聊天时，"整理"一词出现的频率一下子多了起来。辞掉曾经的工作，放下一直在做的事情，可能都是因为所谓的退休后养老的日子越来越逼近了吧。都说退休后应该去完成年轻时没能做到的"遗愿清单"，也该有个用于消遣的兴趣爱好，但我可不敢苟同。

不是评价人家的退休生活计划好与坏，我所不满的是，虽然大家都说着"整理"，但剩下的时间明明还很长，不是吗？

从现在开始，如果好好地进行健康管理，再加上现代医学助力，80岁以上的人也可以精力充沛地生活。就算按照平均寿命来计算，我还剩下相当于从24岁活到现在的时间，不管做什么，重新开始创造"新的自己"，时间都还非常充足。现在就说"整理"，未免为时尚早，我为这时间感到惋惜。

再说，往后要活的日子，也不是作为新手，像被追赶着似的投身社会、反复地试错，而是可以将我活到现在积累起来的经验、领悟、能力和人脉灵活地运用起来。放着这样的时间不用，却说什么"整理"，将这么多年来的认真积累和艰苦奋斗搁置，也未免太可惜了。不管是什么，就算是不着边际的计划，现在也可以着手尝试，因为时间就攥在我自己的手里。

从80岁，或者从你期待的寿命中减去你现在的年龄，然后将得出的数字再从你现在的年龄里减掉,最后得出的数字就是你的沙漏年龄。从这个沙漏年龄开始,到你现在的年龄,如果可以再活一次,你想如何度过这段时光呢?

此时此刻,沙漏里的沙子还在向下落着。
没有多少时间可以浪费了。

## 附记

还没过 40 岁,或者觉得自己的人生还没活上一半的人,没必要计算自己的沙漏年龄。因为比起活过的时间,余下的时间还多得很,倒置沙漏也就没有什么意义了。只是要记住这一点:"比起活到现在的时间,要活下去的岁月更长。"

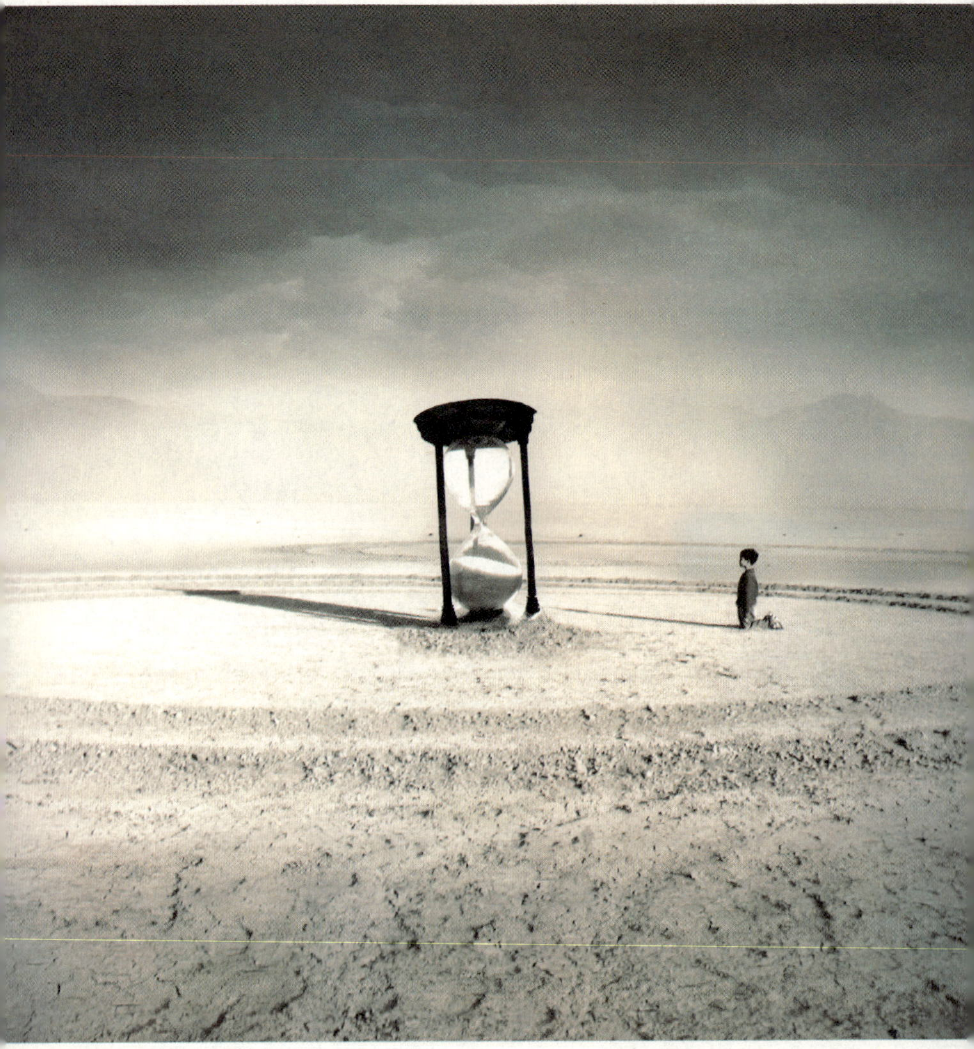

从 80 岁，或者从你期待的寿命中
减去你现在的年龄，
然后将得出的数字再从你现在的年龄里减掉，
最后得出的数字就是你的沙漏年龄。
从这个沙漏年龄开始，到你现在的年龄，
如果可以再活一次，
你想如何度过这段时光呢？

此时此刻，
沙漏里的沙子还在向下落着。
没有多少时间可以浪费了。

# 跟时间竞争，
# 该来的日子终究会来

在军队服兵役的儿子经常膝盖疼，便请假进行治疗，我满心担忧地带他去了骨科。坐在候诊室里，突然想起我的肩膀也是好久前就开始不得劲儿了。从六个月前开始，我就无法用右手抓远处的东西，也挠不了后背。不过觉得对生活没什么大的影响，所以就把这件事情抛在脑后。趁这次来医院，我决定顺便也做个检查。

"比起您儿子，您的问题更严重呢。"医生反复看着我的核磁共振图像，表情严肃地说。

控制肩膀运动的回旋肌腱损伤了，没有什么办法能恢复，手术是最佳选择。我想起了"不通过手术，为您减轻痛苦"的广告，就又问了一遍除了手术有没有其他方法。

医生很果断地说，只有通过手术才能康复。

"我也不怎么运动，肩膀也没受过什么冲击，怎么会这样呢？"

不知怎的，我顿时感到委屈，站了起来问医生。而医生却理所当然似的回答道："是衰老，上了年纪就会这样，老伯。"

啊，这可恶的"老伯"！

## 该来的日子终究会来

回到家中，我心乱如麻。现在生活上没什么大碍，可是康复时间却要九个月，这样的手术我非得做吗？虽然平时总觉得"就这样活呗，能到什么时候就到什么时候"，不过又心想着长痛不如短痛，于是在中东呼吸综合征疫情蔓延的时期，在人们都尽量远离医院的时期，我再次去了专治肩膀的医院。而且，也不知是着了什么魔，我还预约了暑假的手术时间。

虽然距离手术还有一个月，不过好像还是需要准备一下，尽早适应。用左手拿筷子、洗脸、刮胡子、上厕所等都试过了，但是实在太费劲儿，还是放弃了，心想着"反正船到桥头自然直"呗。我还收拾了房间，因为觉得应该会有一段时间不能用右手，所以在还能用上劲儿的时候提前整理一下。

收拾这事儿，真的令人心里不是滋味。将不用的东西放进箱子时，我感觉有点儿伤感。当然，也有令我觉得愉快的事，那就是挑选了一下夏天要读的书。毕竟两三个月的时间不能出门、不能喝酒，能做的事情只有读读书、写写文章了。于是，我在网上书店挑选着之前一直想读的书，不断地点击着"购买"。

朋友们问我做手术的医院是哪家，我绝不告诉他们。虽然一方面是因为中东呼吸综合征疫情，但更重要的是我不想让任何人看到我穿着病号服的样子。"不用来探病，不过万一我没从麻醉中醒过来，我的葬礼可一定要来参加哦。"当我如此回答的时候，大家都大吃一惊，说就算是开玩笑，也别这样说。

玩笑反映着人的潜意识。到底是因为害怕全身麻醉才说了这样的玩笑话，还是说了这样的玩笑话后开始担心起全身麻醉呢？二者之间的关系不得而知，但是，随着手术时间的日日逼近，我的这种恐惧也与日俱增，甚至还找了各种借口想取消手术。

就这样，表面冷静，内心"动荡不安"的日子一天天地过去了，手术的日子终于到了。活了 50 多年所感悟到的一个毫无意外的事实便是："该来的日子终究会来。"

### 开始了与时间的竞争

做手术的医院是一家私人医院，据说都是由肩部手术的世界权威名医主刀。医院的走廊里摆满了知名棒球选手的队服和签名球。比起大型综合医院,我更喜欢小的专科医院。医院运营方面没那么官僚化,等候的时间也短,有种静静地被保护着的感觉。特别值得一提的是,这家医院在骨科医院中是专门治疗肩膀和胳膊肘的,医生自不必说了,护士都是物理治疗师,所以问什么都能对答如流。在接受治疗的整个过程中,我都对这家医院非常满意。

走进病房,换上病号服,心里感觉很奇妙。手术前应该进行的检查都做完了,我躺在病床上,却没有那种马上就要做手术的恐惧和不安。病床上的人是最多愁善感的,离开烦琐的日常,想法也变得多了。没有肉体上的疼痛,只剩下病人孱弱的感伤。对于手术的恐惧感逐渐消失了,关于人生的思考却如潮水般涌来。

各种念头此起彼伏,最后还是变得无聊起来,于是我打开了住院前随手装进行李包里的书。第一本书是阿瑟·米勒的《推销员之死》。本来是想选一本到晚上就可以读完的、比较薄的书,不料书名里竟有个"死"字,心里平白无故地有点儿不爽。真的是,人一躺在病床上,什么事都揪心。主人公为公司奉献了一生后却惨遭解雇的情节,正好和当今的韩国社会现实重叠。

这时,护士走了进来。从现在开始,我就要接受输液了。带轮子的输液架上挂着的输液袋通过纤细的塑料管子和我的手腕连在了一起。小臂上插着针,麻酥酥地疼,我这才有了自己是病人的感觉。

成串挂着的输液袋,我走到哪里就跟到哪里。在病房区的走廊上走动的时候,去接受物理治疗的时候,去洗手间的时候,都要小心翼翼地拖着这些家伙。它们"黏着"我半刻都不离身,把病魔如此视觉化地展示给我。有时候,我会挂着三四个输液袋,止痛药、抗生素、维生素、退烧药、营养剂……好像是在威胁我说"从现在开始,没我你就活不了"。"输液"二字,在韩语中是汉字词,与汉字"输液"二字相同,在韩语中是"把我需要的成分以液体的状态输送给我"之意。手术后要禁食,无法获得的水分和各种营养成分,还有一些药物,都是通过这个管子进行"输送"的。这管子无异于我的脐带,这些输液袋让我意识到自己就像胎儿般无力。

滴答、滴答、滴答、滴答……滴落的速度真是慢。寂静的病房里,我无事可做,还要时不时地看看液体是否正常地滴落。滴答、滴答、滴答、滴答……与病魔的斗争其实是与时间漫长的斗争。医生们给我做手术、开药,但是最后重获健康,还是要靠长时间的恢复。药物扩散的时间,从麻醉中醒来的时间,伤口愈合的时间……

滴答、滴答地落下的药液再次提醒我,与病魔的抗争其实是与时间的竞争。我转过头,看看其他的病人,无一不是在与时间竞争。看电视、看书,望着天花板发呆,睡觉……我试着用各种方法来度过这段时间,可是病房里的时钟就是走得很慢。所以,在医院里,做什么都要慢腾腾的:吃饭的时候要慢慢的,上洗手间的时候要慢慢的，接受物理治疗的时候也要慢慢的……只有这样，才会感觉轻松一些。

反正，输液就是让人清清楚楚地明白"你是病人"这个事实。

尽管如此，神奇的是，看似永不会停止的那缓慢的输液，不知什么时候竟也滴尽了、结束了。在坚持的时候，时间就像停止了似的令人腻烦，但是撑过去之后又觉得没那么难熬，这可真神奇。

### 这个年纪了，我还要看什么电影吗？

护士的脚步声把我从梦中惊醒。终于，手术当天的早上天亮了。我要做的是肩袖损伤关节镜手术，要在右边肩膀上撕开五个伤口，将手术工具放进去，然后剪掉大概七毫米长的肩骨，切除肱二头肌固定后，在撕开的肩袖肌和骨头之间用钉子在里外各钉两个。"没什么的。"医生说道。我也竭力安慰自己说没什么。

我是今天做手术的第一个病人。坐在轮椅上，等着手术室门开的那种紧张感真的不知该如何形容。进去之后发现手术室比想象的要小，麻醉科医生确认了一下我动手术的是右肩膀，然后递给我呼吸机，让我慢慢地吸气。

记忆到此为止。

当我再睁开眼睛的时候，已经在病房里了，妻子在旁边一脸担心地看着我。我伸出手，握住了她的手——好久没握过她的手了。就在这个节骨眼儿上，我还想着"既然从麻醉中醒过来了，朋友们也不必来太平间了"，不禁扑哧笑出声来。

听护士们说，我在术后恢复室醒来后最先问的是："现在几点了？手术做了多长时间？"别的病人都问手术结果如何，而我却问时间，这令他们很吃惊。难道我是想快点儿找到自己无法控制的那段时间的答案吗？我真是个无可救药的管理型的人。

从麻醉中醒来的过程很痛苦。身体各个器官的功能都尚未恢复，口渴得嗓子都要冒烟儿了也不能喝一口水。因为肺里可能还残留着麻醉药的成分，所以医生让我多咳嗽，就连这都让我很难受。如果不持续地大声咳嗽，不把痰吐出来的话，很有可能染上肺炎。

如果让我选住院期间最痛苦的事情是什么，不是手术带来的恐惧，也不是康复练习的痛苦，而是"要多多咳嗽"——当疼痛袭来时，忍忍也就罢了，但现在却让我自己主动"招来"疼痛。

我做的手术还是比较简单的，只是通过关节镜进行，只用了大概两个小时。想想那些比我年老或者身子更弱的病人，他们才更痛苦。这令我想起了年过七旬因为癌症做了手术的母亲和岳父。

为了防止血栓的形成，我穿着紧绷的长丝袜，然后要不断地干咳。渐渐地，一种无以言表的乏力感、虚脱感和不快开始萦绕着我。

到了晚上，我向来病房巡诊的医生发了顿牢骚。

"我觉得我是白做手术了。这个年纪了，我还要看什么电影吗？做这个手术……就是活又能活多久，唉，唉……"

医生微笑了一下。

## 还没结束？

我睡了一觉，起来后身体状态好了一些，麻醉感全部消失了，右胳膊也有了知觉，但是痛症更加严重了，所以得继续吃止痛药。

饭菜来了。米饭、汤、凉拌菜、酱牛肉和烤鱼，都是平时经常吃的。我真是激动得快要掉下眼泪了。

"饭呀！可真是久违啦！"正想舀起一勺汤，这才发觉右手用不了，只好用叉子才勉强叉起小菜吃，"早知如此，就提前练习一下了。"

生病的时候，想起那些再普通不过的日常也倍觉感恩。用手拿着筷子和勺子吃饭，进浴室洗手、洗脸、洗头，在卫生间大小便，就连用手摆弄大脚趾也显得如此宝贵。德国科学家赫尔穆特·瓦尔特（Hellmuth Walter）说过，"健康是疾病的休假状态"。我们很自然地享受着的这平凡的日常,对某些人来说却是遥不可及的愿望。

窗外传来了众人喧哗的声音。电视里播放着并不紧急的紧急新闻:韩国国家情报院购买了黑客程序,政客们又打起来了,党派分裂,等等。还有希腊的财政还不安定,伊拉克弃核……但是,因为身体生病,感觉窗外的一切都与自己无关,一种绝缘感油然而生。仿佛与爱的人、与曾经让我心心念念的兴趣爱好、与要处理的事情完全隔离,我开始觉得自己已经与世隔绝了。

打开手机,看到好久不见的大学前辈发来的短信,叫我一起去运动。我高兴地按下了通话键,说我做了肩膀手术,还在住院,一段时间内不管是运动还是喝酒都不可能了。

前辈的回答着实令我吃惊:"肩膀手术?我几年前也做了,手术根本算不了什么。康复训练才要命,真的很疼很疼。"

很疼很疼……通话结束后,这句话依然回荡在我耳边。什么绝缘感啊之类的"优雅的苦恼"一扫而光,最原始、最朴素的担忧席卷而来。真的会那么疼?与之相比,手术的疼痛根本不算什么?这可怎么办啊?

我在等着晚饭,这时,穿褐色大褂的护士走了进来。
"金兰都先生,现在去进行康复治疗吧!"

原来，他不是护士，而是物理治疗师。

"康复治疗？这个不是出院后身体恢复了再进行的吗？我昨天才做了手术，是不是弄错了……"

"没错，就是从今天开始。"

不知道是不是经常被这么问，他回答完之后也只是微笑着。

就这样，我稀里糊涂地被带了出去，坐在了器材前面。双手抓住滑轮的吊环，左手往下拉的话，做过手术的右胳膊就会往上抬起。我慢慢地往下拉着左手，右胳膊开始往上"走"了，但是……好疼啊！这种疼痛真的是第一次！我接连喊着"好疼啊，好疼"，而我面前的物理治疗师却很淡定："那也得忍着，请试着抬到顶。再高一点儿，再高一点儿。"

终于，右胳膊举到顶了。我算是尝到终极痛苦的滋味了。在慢慢放下右胳膊的时候，疼痛也会一下子涌上来。做了一次之后，物理治疗师一字一句地说："做得不错，这样做20遍就可以了。稍微休息一下后，我们再做。"

要做20遍？这么残忍的话说得可真轻巧。

"这个一定要做吗？不做不行吗？"

"不从现在开始做康复训练的话，以后会更遭罪的。现在做的这个滑轮运动，接下来的六周时间里，每天都要做四次。之后的八周时间里，会做棍子运动和橡皮绳运动。好，我们接着做吧。慢慢拉下左臂。"

天哪,我算是完了!一遍都要命,一次要做 20 遍?一天要做四次!还要做六周!而且,这还只是第一项康复运动!我绝望地边做边大声喊着。

终于做完了,火辣辣的肩膀上被放上了冰袋。回到病房,我也顾不上吃晚饭了,一头栽倒在病床上。

## 再见了,这短暂的自我流放

有规律地核实身体的各项指标,在指定的时间里做康复训练,然后休息……接下来的日子如此重复着。人类确实是适应性强的动物,陌生的医院生活适应得很好,我连护士们的长相、名字和工作时间都能记住。

在病床上待的时间长了,再小的变化都能觉察到,因为一点点的改善或恶化而或喜或悲。痛症稍微减少一点儿,就满怀希望地想"啊,看来马上就康复了"。而状态稍微不佳时,则会陷入绝望地想"啊,离恢复还远着呢"。

神奇的是,不管护士说什么,身体总会像护士所说的那样真的发生变化。"注射退烧药,30 分钟后就会退烧的。不用太担心。"果然,30 分钟后烧就退了。"到了晚上,肩膀会很疼。"果然,真的好疼。"已经打了止痛药了,一个小时后就不疼了。"果然,又得到了印证。

说到底,我也毫无例外,不过只是个肉身罢了。

我们都坚信自己是特别的存在,但是当我躺在病床上,心思都放在身体上时,我才意识到,原来我也不过是个凡人,没有任何特别之处,会对一种药与别人有相同的反应,伤口也会随着时间而愈合……我在病床上还领悟到了一个事实:人,都是一样的。不管是皇帝、富豪还是天才,肉身的结构都是一样的。从某种角度来看是充满希望的,但从另一种角度来看又是令人绝望的。

幸运的是,我没有发烧,也没有得肺炎,就像其他人一样,我也按预想的那样康复了。转眼到了出院的那天早上。该来的日子终究会来。从凌晨开始,我的心就没平静下来。护士把输液的针头从我手臂上拔了下来。自由啦!终于准备好剪断"脐带"、摆脱医院这个"子宫"走到外面的世界了!

疼痛还是有一点儿的,不过心情比任何时候都要轻松。不用输液,取而代之的是在肩膀上缠了大大的护肩。收拾行李的时候,我竟有一种茫然的不舍。是舍不得医院吗?

再见了,我人生短暂的自我流放!

德国科学家赫尔穆特·瓦尔特说过，
"健康是疾病的休假状态"。
我们很自然地享受着的这平凡的日常，
对某些人来说却是遥不可及的愿望。

**我们总会找到路的**

我把无以言表的不舍抛在脑后，出了院，之后又要进入新的适应期了。首先，做什么都得用左手。左手用筷子，我早早地就放弃了。洗脸也不容易。你知道用左手洗澡的时候绝对洗不到的地方是哪儿吗？很有意思，就是左手。健康的左手可以为不方便的右手擦洗，而左手却不能擦洗左手的手背和左臂。

人生也是如此，我自己一个人能做的事情有多少呢？我得快点儿适应。日子一天天过去，吃饭的时候不怎么撒饭菜了。熟能生巧，身体的每个部位也都可以擦洗了。现在我写下这些字的时候，肩上还戴着护肩，康复训练还是很难熬，但是疼痛的症状越来越轻了，身子也变得越来越舒坦了。人类确实是适应性很强的动物，我们总会找到路的。

出院后，我第一次出门是去参加"大学生国土大长征"结束仪式。活动在天安独立纪念馆里举行，以庆祝光复（韩国从日本殖民统治下独立）70周年。肩膀还是疼的，穿衣服也要折腾好一阵子，不过我还是非常想参加这次活动。这些学生21天都没休息，坚持走完全程，真的是完成了一次伟大的"长征"！每次看到这些年轻人，我都非常感动。

结束仪式上最令人欣慰的，是学生们跳起了"世界杯舞"。还有什么比这年轻的身姿更活力四射呢？走完 574 千米的学生们，腿都变成了古铜色。但对我而言，如果说今年有什么不一样的地方，那就是比起古铜色的腿，我更关注这些年轻人自由自在转动着的肩膀。因为此时的我，肩膀被塞进护肩里，坐在酷热之中看着眼前这些健康、舞动着的身体。

用我现在的一切也换不来的青春……顿时，对青春殷切的渴望涌上心头。虽然他们的人生还有诸多不确定性，甚至说不定会以失败而告终，但是因为青春，哪怕只有一种可能，他们也可以笑得如此灿烂。

## 现在的我与未来的我

在写这篇文章的时候，我犹豫了很久。我深知还有非常多的人在与更可怕的病魔斗争着。比起他们，我简直就是无病呻吟。但我又想，原来这么微不足道的事情也能令人有如此多的感悟，于是便记录了下来。

我的运气很好，并不是因为重病缠身或者因为突遭事故才被送进医院，而是在苦苦思索之后，为了之后生活得更好才决定做手术的。一直到手术的前一天晚上，我都在做心理准备。这种可预测的灾难，带来的震惊会弱一点。也许，这次手术是"现在的我"把时间让给了"未来的我"。

"现在没什么大碍,但是不做手术的话,以后肯定会更遭罪。"在这样的忠告前,"现在的我"和"未来的我"展开了一场心理战,最终是"现在的我"承受了痛苦。

我们的人生也大部分如此。我们的现在从某种程度上来说是对未来妥协的产物。一味地对未来让步的现在是毫无乐趣的,而只考虑当下也是没有希望的。但可以确定的是,我们的每一天都是在这"极端"的某处反复进行着妥协和让步,寻找着交叉点。

我短暂的住院时光到此结束。为了我的余生,这个夏天我做出了让步。再重新翻看夏天的记录,我自己觉得心满意足。

虽然承受了金钱、时间、不便以及疼痛等种种压力或折磨,但我还是要说"幸好做了手术"。

## 为何我们
## 总是如此意志不坚

啊,又扭伤了腰!也不是搬什么沉重的东西,就是正要弯腰洗脸,突然腰一阵酸痛就动不了了。我慢慢地爬出浴室,躺在床上呆呆地盯着天花板,心情复杂。

2015 年年初,正值寒假,我正忙着准备一个电视节目——《明见万里》。四天后就要去釜山进行拍摄了,下周还要在摄影棚进行录制,可现在我却动弹不了了,真是狼狈不堪。节目播出的时间已经确定,而且还是新一系列的第一集。一直忙着为节目准备的电视台的工作人员都处于高度紧张的状态,而我却在这时候掉链子……这可怎么办?

其实,我因为腰椎间盘突出而栽倒已不是头一回了。几年前农历新年的长假,我整天趴在桌子上写我的新书(当时写的文章收录在《千万次摇摆,才能长大成人》中,标题是《缺陷让人重新审视自己》)。我查看了一下以前的日记,先是接受了一个多月的骨科物理治疗和中医针灸治疗,然后注射了类固醇,才能活动。而这次情况紧急,我决定马上去打一针类固醇。虽说经常打这个不好,但是考虑到和大家的约定,我别无选择。

打完针后,我缠着护腰强忍着录完了节目。但是不知怎的,心里并不舒服,也许是出于对自己的愧疚。上一次腰疼的我和现在的我真是如出一辙。翻翻过去的日记,"不运动就会死!""我要步行!""减肥!为了生存!"等凄凉的口号和语气坚定、发誓般的感叹号俯拾皆是。而且,还有开始游泳、健身和步行的记录,不过也就维持了一两个月,4月以后就完全没有运动记录了。因为身子稍稍好转,感觉还可以挺得住,运动也就不了了之了。就这样虚度了三年的光阴,现在又受到了同样的惩罚。

我为何如此意志不坚?为何做什么事都三天打鱼,两天晒网?

电视节目好不容易做完了,我觉得也该"壮实"一下自己的腰了。医生说手术是万不得已的选择,现在最重要的是强化腰部肌肉的力量,尽可能地多走路。

"好的,重新运动起来!"我下定决心全力以赴地去运动!接着就去家附近的健身俱乐部注册了"长期运动",还买了新的运动鞋和运动服,戴上计步器,每天至少走5000步。3月开学,我特意把车停在较远的地方，然后步行 30 分钟左右去办公室。不过迫于春寒刺骨的冷风，最后还是放弃了，但是我暗自发誓，等温暖的 4 月一到，马上就接着运动。

很惭愧，我也就在 3 月还坚持运动了一下，等真的到了温暖的 4 月和非常适合步行的 5 月，我却再也没有步行过。健身俱乐部发过来好几次短信，问我怎么不去锻炼，而我也就看短信那会儿会心生一丝悔意，过后又是老样子。虽然自我辩解说太忙了，但我知道原因在于我自己。

我又一次问自己："我为何如此意志不坚？为何做什么事都三天打鱼，两天晒网？"

在写这篇文章的现在，是 7 月。昨天晚上，我忽然又觉得不能再这么下去了，于是凌晨起来，步行了大约一个小时，回来后马上打开电脑写下了这篇文章。我觉得自己了不起——这次不是三年，而是仅隔三个月就开始反省自己了，所以说了不起。

我想起了自己戒烟的时候。我戒烟已有九年了，真可谓经历了反反复复的艰苦斗争。第一次学抽烟是 19 岁的时候，之后大约十年的时间里，我每天都抽一两盒，而且还是"龟船"（韩国香烟品牌）和红色万宝路那样浓烈型的香烟。在美国留学时期，大儿子出生了，想起因肺癌去世的父亲，我毅然决然地戒了烟。但是回国后没几年，又抽了起来。之后，我就和香烟展开了永无止境的斗争。

萧伯纳曾说过："戒烟？真的很容易。我都试过一百多次了。"这说的不也正是我吗？我都不知戒烟戒过多少次了。时间长的时候有七个月，短的时候不过几个小时，甚至从垃圾桶里重新翻出扔掉的烟。每次戒烟失败的时候，我都会无比自责……我为何如此意志不坚？为何做什么事都三天打鱼，两天晒网？

即便如此，我还是没有放弃，我继续戒烟。九年前，我终于成功地戒掉了，直到现在。戒烟是要戒一生的，虽说现在我也不敢保证完全戒烟成功了，但是只要持之以恒，永久戒烟这个愿望就会实现。

所以说，不管是戒烟、运动还是减肥，都是实践的问题。人生在世，所有的问题都是实践问题。当我们读一本好书而有所领悟，在句子下面画线的时候，或者犯了错误而进行反省时，我们领悟到了什么并不重要，重要的是能否将所领悟到的付诸实践。

这其中，尤其是改变已浸入身体的习惯最为不易。"江山易改，本性难移"，真的是句很恐怖的话。我们在还没有正常认知能力的时候养成的习惯，一旦形成，将终生难改！

孔子说："性相近也，习相远也。"因此，一次性就成功反而会更奇怪。要改变一个习惯，就要历经无数次的失败与自责。重要的是千万不能放弃，直到成功，直到养成新的习惯。

说不定我这次的 7 月运动也会以三分钟热度收场。现在，我已经开始在琢磨："步行太热了，等凉爽的 9 月一到再开始怎么样？"不过，我不会放弃的，直到养成新的习惯，我会不懈地尝试。

记不清我在哪篇文章里写过，克服"三天打鱼，两天晒网"唯一的方法不是"明天"，而是"今天马上就实践"。今天，我想在这句话后面再加一句：即使失败，也不要放弃，而是持之以恒地进行尝试。最糟的情况，大不了三分钟热度过后第二天马上重新开始，如此反复。我们人生的四分之三都是在实践自己的决心，不是吗？

愿你我都能够奋发图强！三天打鱼，两天晒网？好！我们可以数十遍、数百遍地反复着三天打鱼，两天晒网，直到成功的那一天！

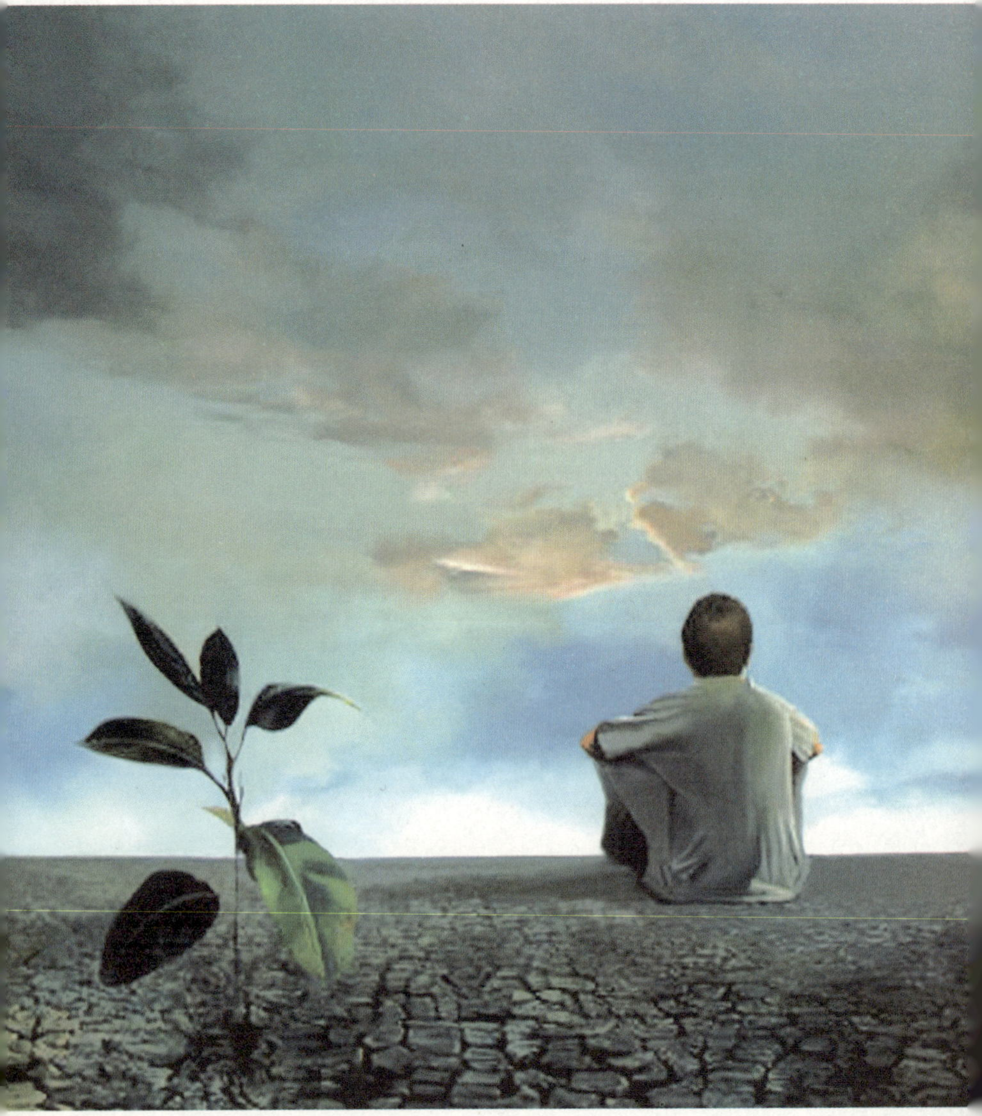

克服"三天打鱼,两天晒网"唯一的方法
不是"明天",
而是"今天马上就实践"。
今天,我想在这句话后面再加一句:
即使失败,也不要放弃,
而是持之以恒地进行尝试。

## 为什么最亲近的人
## 却成了"局外人"

―――――――――

如果让我从自己知道的童话中选一个最有趣的,那无疑便是《灰姑娘》了。从好莱坞电影《风月俏佳人》到韩国的各种电视剧,所谓的"灰姑娘题材"被重新打造个不停。美丽、善良的贫苦姑娘遇上了富家公子哥儿,收获爱情,飞上枝头做了凤凰。

司空见惯的故事情节,总是被打上"老套"的标签。换句话说,灰姑娘的故事真可谓影视题材永不枯竭的源泉。据说,在欧洲和亚洲,类似的民间故事超过 1000 个。

"灰姑娘"英文一词(Cinderella)有"灰尘"之意,用韩语来说就是类似"做饭的""厨娘"。失去母亲的少女受尽了继母和继母带来的两个姐姐的各种折磨,整天在厨房里干活,还被起了这么一个贬低她的名字。

从我小时候读这个故事开始,直到现在我已经是两个男孩的爸爸了,我都始终无法理解的就是"灰姑娘的父亲"。继母和姐姐们那样做也就算了,但他可是灰姑娘的亲生父亲啊!灰姑娘遭受不公平的待遇、被迫干着重活的时候,她的父亲在做什么呢?

《格林童话》中的《灰姑娘》是这样开头的:"从前,有一个富人,他的妻子得了重病,得知自己不久将离世,她把独生女儿叫到身边,对她说……"

故事不是以"一个少女"开头,而是"一个富人"。难道故事的开头就想暗示"对孩子来说,母亲的爱比父亲的财产更重要"吗?

就像德国心理学家奥伊根·德雷维曼(Eugen Drewermann)所说的,"骑着马去集市"的灰姑娘的父亲,也许是认为赚钱远比女儿的幸福更重要的生意人吧。

这位父亲对女儿漠不关心的态度,在王子上门寻找灰姑娘这一关键时刻暴露无遗。姐姐们割掉脚趾或后脚跟,硬是把脚勉强塞进了水晶做的鞋子里,但是脚上流出的鲜血揭露了她们的真面目。

王子问灰姑娘的父亲还有没有其他女儿。这时,父亲的回答真的让我震惊：

"没有，除了灰姑娘以外。灰姑娘是我死去的妻子所生的孩子，长得很丑，没有资格当王子您的新娘。"

这是一个父亲说的话吗？！

不仅灰姑娘的父亲很奇怪，《白雪公主》和韩国的《蔷花红莲传》中的父亲也都软弱无力。《美女与野兽》或者朝鲜民族传统小说《沈青传》中的父亲，甚至都不顾女儿的死活。

这些父亲为什么会这样呢？古往今来，无论是东方还是西方，为何都如出一辙呢？

从故事性方面考虑的话，如果是由身为监护人的父亲帮忙解决问题，而不是灰姑娘自己克服各种困难，那么这样的故事压根儿就没有什么可看性。

在过去，大多数孩子都无法好好地接受正统教育，所以这种"不依赖父亲，独自闯过难关的少女"式的情节，也就赋予了童话教育的意义。

"父亲发现继母和继母的女儿们欺负灰姑娘，继而厉声斥责了她们，并将她们扫地出门。父亲和灰姑娘父女俩从此过上了幸福的生活。

"后来，灰姑娘在国王的舞会上遇到了王子。王子对她一见钟情，于是灰姑娘与王子结婚，当上了王妃。"

如果故事如此展开，那该多无聊啊！而且，孩子们又能从故事中领悟到什么呢？"早日摆脱虚伪与压迫的阴影，找到真正的自己。"也许正是为了传达这种寓意，灰姑娘的父亲才被塑造成了反派角色吧。

"女儿如此苦不堪言，父亲却为何假装不知呢？"有一天，我这样问妻子。

妻子毫不犹豫地回答："不是假装不知情，是真的不知道。整天在外面，怎么能知道自己的女儿在家里的处境呢？而且，继母和她的女儿们也不会告诉他吧？"

"为什么灰姑娘不告诉父亲呢？"

"还能为什么呢？和父亲没有什么交流呗。父亲每天早出晚归，她觉得父亲对自己漠不关心，也许早就不抱什么希望了。你不是也不知道自己的儿子每天都发生了什么吗？"

顿时，胸口有种被重击的感觉。虽然妻子这么说并不是为了责备我，但听完之后，我却无话可说。

的确，我每天早出晚归，休息日也整天待在书房忙自己的事，根本就不知道妻子和孩子们发生了什么。

不仅仅是我，大部分家庭的父亲都像个局外人。不管是过去还是现在，无论是我还是灰姑娘的父亲。抛开童话的寓意不谈，灰姑娘的父亲对女儿的处境毫不知情一事，就现实层面来看倒是理所当然的。

做完肩膀手术后的那段时间，因为不方便外出，所以我大部分时间都待在家里。正好小儿子也在放暑假，因为家中只有小儿子的房间里有空调，所以我就待在他房间里看书、写文章。想想看，以前和小儿子几乎没有这样一起相处过。

大儿子出生时，我还是学生，有足够的时间陪伴他一起成长，但是小儿子是在我担任教授的第一年出生的，我没有那么多时间陪伴他，而我也一直没能意识到这一点。

我俩的话都很少，也没那么亲密，就算待在一个房间里，依旧没聊些什么特别的话题。但是共度一段时间后，我觉察到了小儿子的一些想法和苦恼，而这些在平时我是无法发现的。

开学后，小儿子重返学校，肩膀已经恢复的我重新开始了"骑马去集市"的生活。和小儿子共处的时间虽然不长，但对我来说却是一件大事。

如果没有这段时间，我可能一辈子都像灰姑娘的父亲那样活着，对孩子的很多事情都浑然不知。

而且，这段时间还令我做出了生平最重量级的决定：以后要经常陪孩子。不管什么情况，我都不能以不知情为借口。我绝不要当一个看起来很辛苦、很忙碌的父亲，以至于孩子们在遇到困难和苦恼时都不愿向我倾诉。

"为什么灰姑娘不告诉父亲呢?"
"还能为什么呢?和父亲没有什么交流呗。
父亲每天早出晚归,
她觉得父亲对自己漠不关心,
也许早就不抱什么希望了。
你不是也不知道自己的儿子
每天都发生了什么吗?"

顿时,胸口有种被重击的感觉。

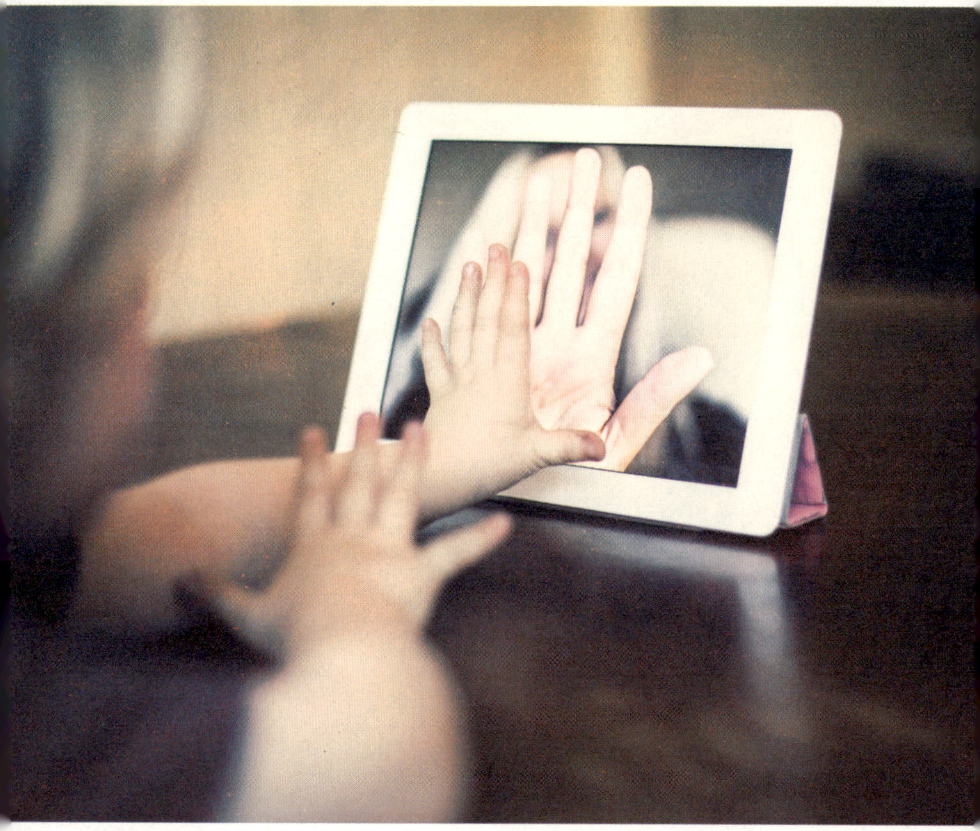

## 当观念不一致时，
## 如何解决矛盾和分歧

洗发水用完了，怎么按也挤不出来。这时候，你会怎么做呢？我会往洗发水瓶子里装上四分之一的水，摇一摇混合一下，然后接着用。这样的话，还能用五六次呢。而且，我还叮嘱了儿子一番：

"这个虽然有点儿稀，不过洗头发完全没问题。这个用完了再用新的。"

"知道了。"

毫无灵魂的回答。果不其然，几天后，一瓶新的洗发水摆在了那里，是小儿子拿出来的，他说兑了水的洗发水不起泡沫。于是，我只好自己一个人用兑了水的洗发水。它比想象中的还耐用，用了一段时间还没用完。

突然有一天，我不由得恼火起来。钱是我赚的，每天却用着兑了水的洗发水，一分钱不挣的儿子却用着新洗发水……再想一想，我用香皂，而那家伙却用沐浴露，还一个劲儿地按着压嘴往外挤，真是高级……

我觉得借此机会可以好好说他一下，于是训斥了他一通。没想到小儿子马上还嘴道："爸！别把自己弄得一副寒酸相了。"

寒酸……

的确，我那么算计、纠结，能给家里省几个钱？但这不是单纯过日子才产生的问题，而是生活方式的问题，源于出生和成长环境的差异。我母亲在牙膏实在挤不出来时，干脆将牙膏剪开，把里面的牙膏抠出来刷牙。我还没到那种程度。

韩国的人均国民收入在我出生的1963年是100美元，在我小儿子出生的1997年是11176美元。就算考虑到物价的上涨，这也算是很大的飞跃了。我是人均国民收入勉强达到100美元的落后国家的国民，而小儿子是人均国民收入超过1万美元的中等发展国家的国民。

这已经不是单纯的代沟了，而是不同国家的人之间的矛盾。不同国家的人共用一个浴室，肯定会吵起来。

就像美国或欧洲那些社会变化速度稳定的国家，父母与子女之间的代沟也不容易消除，更何况以LTE（通用移动通信技术的长期演进）的速度高速变化着的韩国。这一点是老一辈在看年青一代的时候一定要考虑到的。

对和我一样的老一辈来说，年薪100美元也够得上国家的平均收入水平，算是不错的工作了，但是对我儿子这一辈来说，年薪1万美元也只是在平均线以下。所以，"我们年轻时吃了多少苦！找不到工作的年轻人该把眼光放低"这样的话，真是空洞不已。

正因为成年人总想以老一辈的视角看待年青一代的问题，所以，无论是政府还是企业所出台的针对青年的政策，都漏洞百出。

我是教学生的，朋友们会问我："现在的年轻人都那么娇气吗？"

我往往会这么回答："他们和你不是一个国家的人，别按你的方式强求，而是要接受。"

每当我遇到和自己观念不一致的人时，我都会这么提醒自己："他和我的生活环境不一样，就像我们不是一个国家的人。"而这一点在家庭中更为重要。

父母与子女建立亲密的关系越来越难，全世界都呈现出这一趋势。特别是韩国的父母，觉得子女是自己的所属物，应该由自己管理，在所有方面都想以自己的经历和判断强求子女认同自己，因此两代人之间更难找到交集。

我们要记住，青年的生活应该以青年的眼光去理解，我们过去的年轻人无法衡量现在的年轻人。

所以，年轻人也好，年长者也罢，都不要无视自己的人生弱点。

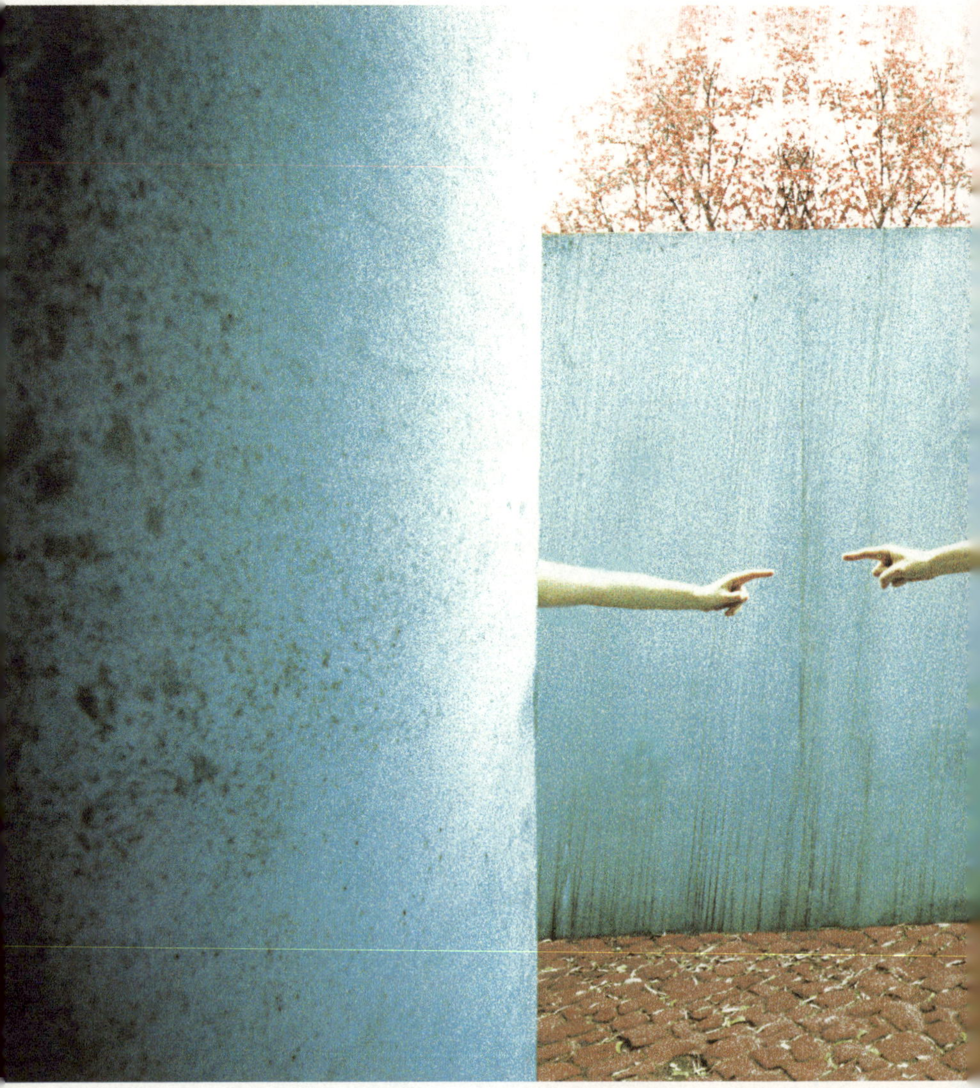

代沟，
不是单纯
过日子才产生的问题，
而是生活方式的问题，
源于出生和成长环境的差异。

我们过去的年轻人
无法衡量现在的年轻人。
所以，年轻人也好，年长者也罢，
都不要无视自己的人生弱点。

## "模拟"生存法：
## 找到自身的固有价值

前一阵子，我把储存在电脑里的文件全部转移到了 U 盘里，包括像从生锈的水泵中取水般把好不容易写好的写作素材，还有那众多"顽强"地承载着我诸多情绪的项目文件，以及无数个夜晚熬夜改了又改的书稿……看着这些都被转移到了 U 盘里，我甚至产生了一种错觉，感觉像是自己灵魂的一部分被储存到了这小小的设备之中。

文件全部转移后，U 盘显示"可用空间"还剩 55%，我突然有点儿伤感。想到我 18 年教授生活的血与泪，竟还不够这指甲般大小的"小棍子"的一半，只觉得自己无比渺小。我应该永远都塞不满这小东西了，因为存储技术的发展速度远快于我知识积累的速度。在这个创新的时代，我渐渐成了"古董"。

我想起了电影《艺术家》(The Artist)。这是一部黑白无声电影。在这个可以全程用电脑制作4D影片的时代，竟然还有黑白无声电影！但是，这部电影真的很了不起，一举获得了2012年第84届奥斯卡金像奖的最佳影片、最佳导演、最佳男主角等多项奖项，受到了评委与大众的一致好评。

影片中，好莱坞当红默片巨星乔治，随着有声电影的崛起，一下子变得无立足之地了。为了东山再起，他把全部财产都拿了出来，制作了一部超大型无声电影，结果票房惨败，他落得个悲惨的结局。其实，乔治并没有做错任何事，只是时代变了。当新的技术诞生，依赖旧技术的人必定会崩塌。

在过去的20年里，我们就是如此。随着电脑的出现，世界以可怕的速度发展着。因为日新月异的高科技，我们的生活也瞬间发生了改变。

我是学习流行趋势的，自认为比较能跟得上时代。即使如此，我还是会感到头晕目眩。这瞬息万变的时代不仅令我混乱，而且还让我越来越觉得自己正被淘汰出局。

年轻的研究员们聊着天，而我却像个门外汉似的听不懂他们在讲什么；孩子们开着最近流行的玩笑，而我却不理解有什么可笑的；提到当下最红的人气偶像组合，别说是每个成员了，组合的名字我都很陌生……每当这种时候，我都会觉得自己就像黑白无声电影时代的老古董。

世界快速变化，而我就像U盘里的"可用空间"一样，只能被空虚填满。

影片《艺术家》中最精彩的情节要数结尾——乔治成功地东山再起。假如他成功的秘诀是通过艰苦的训练弥补自己的不足——发声，继而适应有声电影的话，就不会那么感人了。乔治是发挥了自己在默片中的特长——跳舞，从而在有声电影时代重新站了起来。他找到了变化着的时代与自身优点的结合点。

大众音乐评论家金焯歌在一篇随笔中这样写过，黑胶唱片被CD所取代，CD又被MP3所取代，而最近听黑胶唱片的人多了起来。为什么呢？如果说CD是数码的始发站，那么MP3就是处于数码的进行过程中，而黑胶唱片则是"模拟时代的完结"（模拟，源于英文analog，与数字、数码相对应）。黑胶唱片被CD所取代，是因为CD更为便利，而不是它能彻底地满足人的需求。

"模拟"想在"数字"时代存活下来，首先要找到技术无法替代的自身固有价值。最近的电视节目中，经常可以看到新生代的歌手重新演绎20世纪八九十年代甚至是50年代的歌曲。在电影、话剧、音乐剧等文化界，"模拟式情怀"也依旧没有丧失其力量。

美好的事物，即使时代变迁，也依旧美好。

为了在这白驹过隙般飞驰的数字时代存活下来,我们反而要从一味地摒弃过去、进行"毁灭性创新"这种模式中解脱出来。不管未来如何变化,事物总有不变的本质。重要的是如何找到那复古的本质和最新趋势的结合点,将二者成功地"编织"在一起,就像影片中的乔治那样。

我不禁问自己:在这个数字时代,我的"模拟性本质"是什么呢?

影片《艺术家》的结尾处,出现了影片唯一也是最关键的一句台词。

我始终忘不了那句台词:

"Action."

开始行动吧!

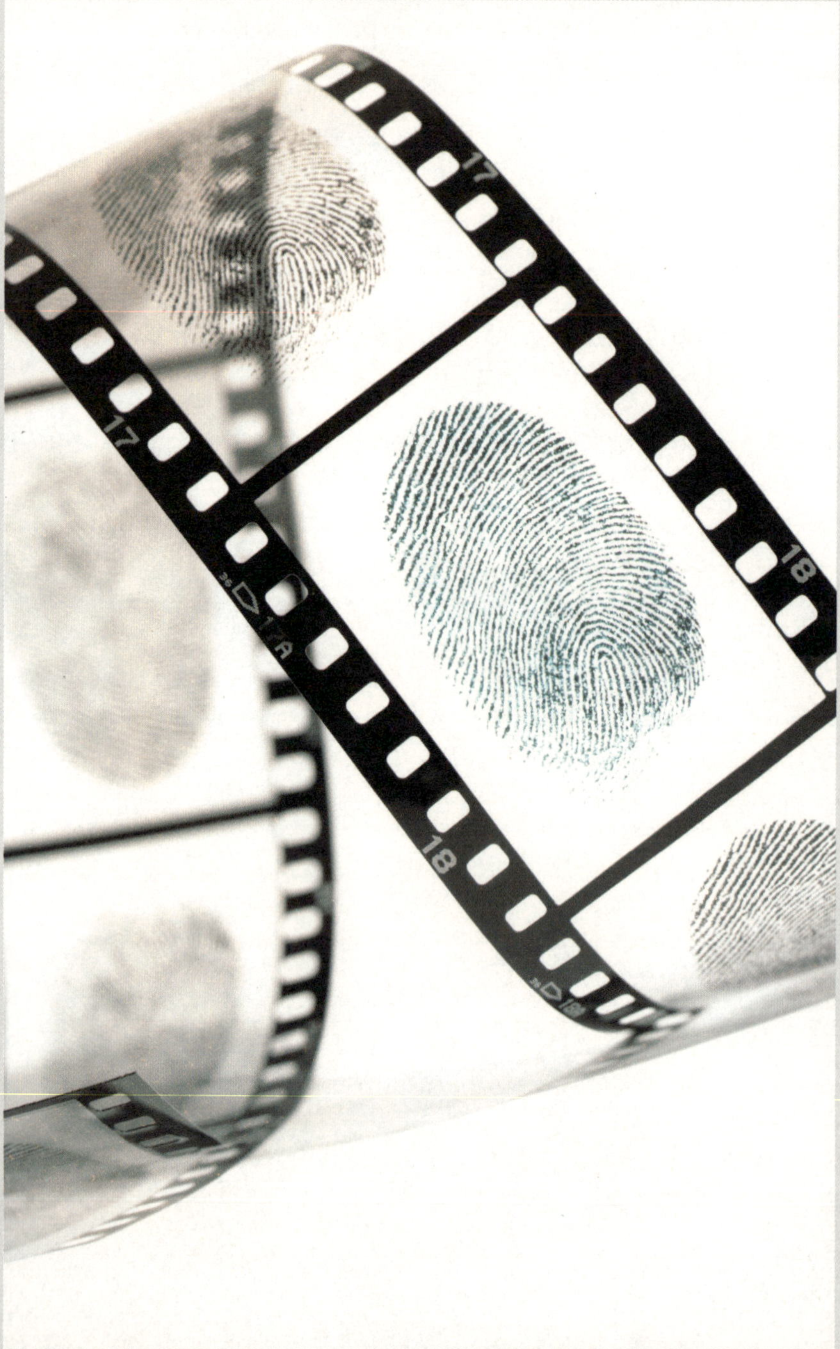
17
18
17A

美好的事物,即使时代变迁,也依旧美好。
不管未来如何变化,事物总有不变的本质。
在这个数字时代,
我的"模拟性本质"是什么呢?

影片《艺术家》的结尾处,
出现了影片唯一也是最关键的一句台词。
我始终忘不了那句台词:
"Action."
开始行动吧!

## 倦怠
### 反而给我们前行的力量

我在摄影家蔡承雨的文章中读到这么一句话：在欧洲旅行的第八个月，在波兰的一辆长途客车上，莫名其妙地突然想到"啊，要是能去哪里旅行就好了"。

正在旅行还想着要去哪里旅行，乍一听感觉有点儿荒唐，其实也能理解那种心情。也许是因为倦怠吧。旅行，不是单纯地去访问某个地方，而是从无聊的日常中脱身。但是，旅行持续时间太久的话，也会变成一种日常，于是就会想从"旅行的倦怠"中脱身。倦怠，在漫长的岁月中追着我们，令人疲乏，竟在我们旅行时还紧追不舍。

其实，倦怠对我来说是最痛苦也是最值得感恩的存在。

有人会问我，从学校的繁忙事务中脱身而专注写作的时候是不是最快乐的？其实并不是，写作是件孤独而痛苦的事情。

写作是自己一个人的事，所以就得谢绝和朋友们欢快的晚餐。回到家里，也要把边看电视边吃水果的家人抛之脑后，独自走进房间关上门。而且，无论多么短的文章，想公之于世，都要经过无数次修改，耗费掉大量的时间。但是冷静地想一想，承受着这么多却仍旧坚持写作的理由，就是我坚信写作是最"像我"的，毕竟倾注了时间就会如我所愿的事并不多。即便如此，写作仍旧是孤独而痛苦的事情。

在这个处处充满着趣事的城市里，我却紧关房门，一个劲儿地埋头写作，而能令我这么做的力量恰恰就是倦怠。它让我从短暂的快乐中抽离，很快就陷入无聊。为了战胜无聊，我只好开始写作。

"既然这样无聊，不如写写东西吧。"所以，我很感谢倦怠。

倦怠在人类进化的过程中起着举足轻重的作用。人类之所以能够发展到现在这个程度，是因为好奇心、创意力、学习能力比其他种族更强。因为忍受不了日常的无聊进而追求新的东西，才能不断发展。可以说，无聊引导着人类走向进步。

同时，倦怠也是我们作为人类所必须遭受的天谴。倦怠，就像鬼神一样，能够提醒我们把人生的活力一点点熄灭，又像感冒一样令人猝不及防。

倦怠也分种类。就像大家常说的"倦怠期"：有对恋人或配偶等感到厌烦的"关系的倦怠"，也有因生活或工作的重复而感到枯燥无味的"日常的倦怠"，还有找不到人生意义或者自身价值的"存在的倦怠"。这三种倦怠在某种程度上是相关联的，其中最致命的要数"存在的倦怠"，因为一不小心就会导致抑郁症、社交恐惧症和严重的虚脱感等。

人们习惯性地想逃离倦怠。稍微感到无聊了，就会不经意地打开电视，或者看手机、逛购物网站。但是，如果只为了逃避无聊就抹杀时间，那么无形之中，我们的人生也会被抹杀。

并不是说要把所有的倦怠都升华为生产性的能量，过着完全没有浪费的生活，而是说既然无法避免倦怠，那我们就带着倦怠一起生活。

我们在"无聊死了"的情况下才能沉静下来，才能专注于那些"打造自我"的事情，而那些"打造自我"的事情十有八九会被消磨时间的琐事挤掉。所以，为了不被无聊的大浪卷走，我们要理直气壮地面对。

如何面对呢？比如，我们要有"无聊的勇气"。

人们管理繁忙的日常的方式大体是相似的，但是对待闲暇的方式却各不相同。有的人会埋头于自己的兴趣爱好，有的人会更努力地工作，还有的人会去赌博、出轨，误入歧途。这种差异会改变一个人的余生。

从某种层面上来讲，不是勤勉，而是无聊造就着真正的我。

生活无聊吗？那就直面无聊吧！

倦怠是一匹睡着的马，现在就叫醒它，骑上它向前奔跑吧！

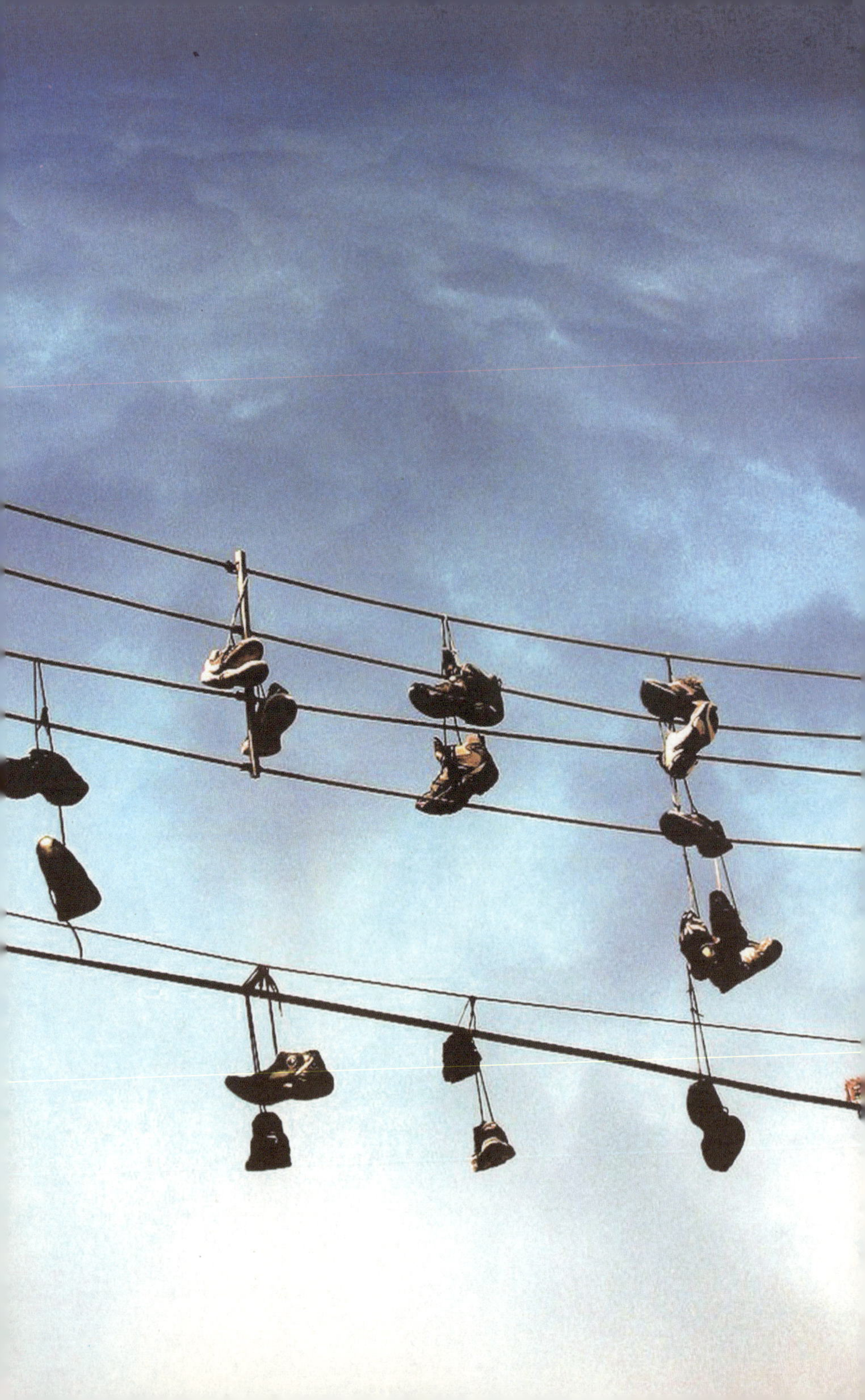

人们习惯性地
想逃离倦怠。
但是，如果只为了逃避无聊就抹杀时间，
那么无形之中，
我们的人生也会被抹杀。
不是勤勉，而是无聊造就着真正的我。

生活无聊吗？
那就直面无聊吧！
倦怠是一匹睡着的马，
现在就叫醒它，骑上它向前奔跑吧！

## 在孤独的时间里做有意义的事

我只想一个人待着。

就算独自待在房间里,也是如此。于是,我关掉手机电源,关上电脑,连窗户和门都关上了。终于是我一个人了。即便如此,借用最近流行的话来说,就是"更强烈地想独处"。

这无止境的对孤独的渴望,是为什么呢?

我的一年,大体上分为"不写作的时间"和"写作的时间"。不写作的时间里,我就是一名普通的教授,上课、搞研究、指导学生、做课题、做些行政工作以及咨询工作,还会和很多人见面。人们会问我:"这样的话,会更忙了吧?"

准确地说,是否忙碌并不是重点。虽然时间上的"量"不足,但我的生活方式发生了"质"的变化。

写作是一个人的事。虽然和他人交流,多在外面走动走动会获得写作的灵感，但实际上真的要写作的话，就得一个人待着。为了日后能够和读者更好地沟通，现在作者就要断掉自己与外界的沟通。写作是一件孤独的事情。

我基本是从早上 5 点到 10 点进行写作。妻子喊我吃饭时，我就吃饭、洗脸，然后上班，回归我教授的身份一直工作到晚上。晚上如何度过，经常是个问题。不管是私事还是公事，只要和他人碰面一起吃晚饭，总少不了酒水。对我而言，与志同道合的人聚餐、喝酒本是件乐事，但是如果要享受这件事，第二天早上起床写作就会很吃力。

我是个爱酒之人，与其让我举着汽水杯代替酒杯，倒不如干脆不去参加聚会。这样一来，在我写作的时间里，和外界的沟通会很少。回到家里，和家人打个招呼后就进了我的书房，因而和家人的对话也变得越来越少。

法国作家贝纳尔·韦尔贝（Bernard Werber）说过，"孤独，是我写作的动力"。不仅仅是作家，需要独自练习和工作的画家、音乐家、学者等也会同意这一点。孤独是前行的燃料。

一个人前行，自我管理就显得极为重要。就像职业作家们所说的那样，无论有什么事情，都坚持每天写几个小时或者写几页。这也说明了写作这份工作的特性：如果不好好地自我管理，就很难坚

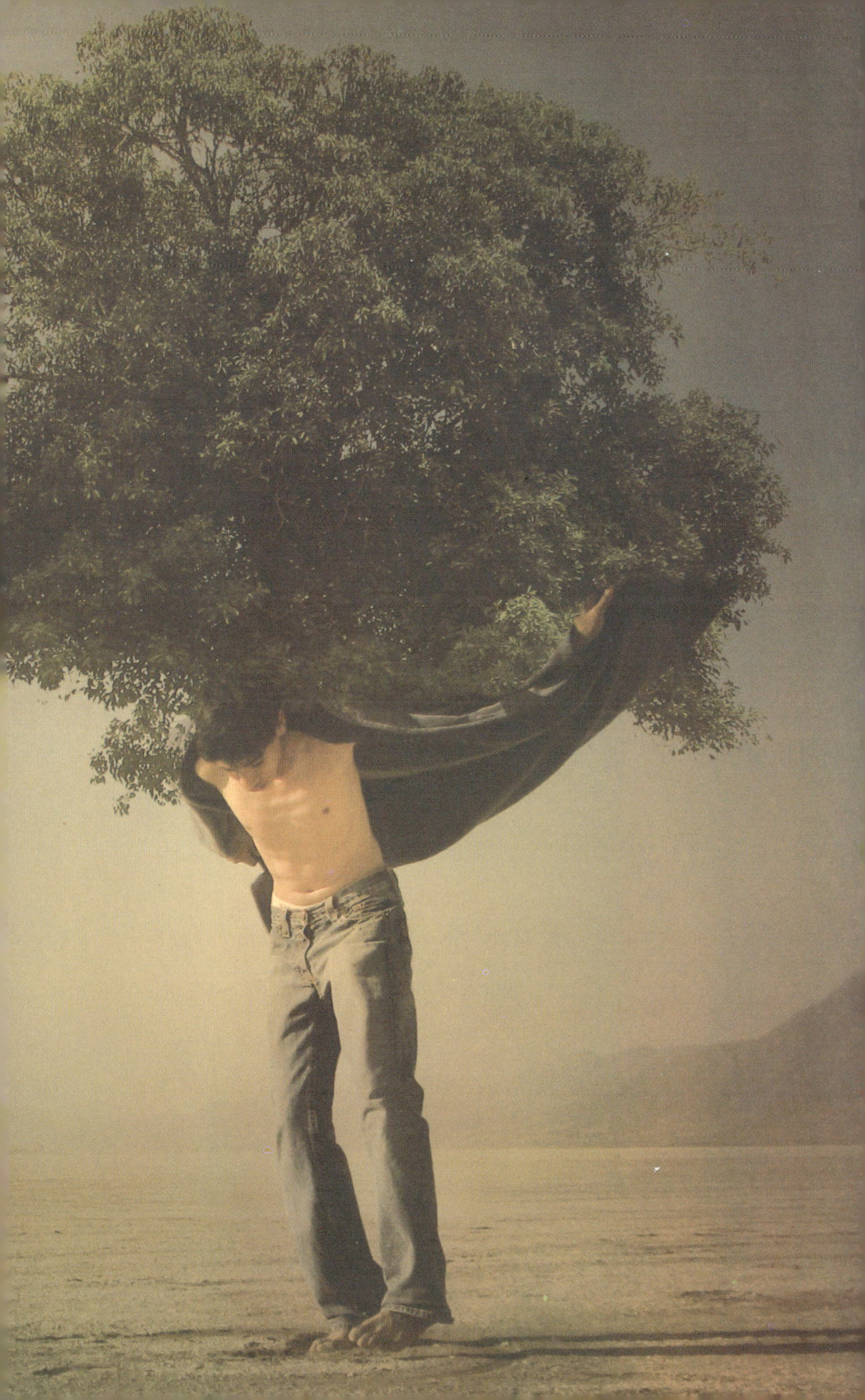

持下去。虽然有的人会羡慕我时间上的自由——想写的时候就写,可这一点却是最令我痛苦的。无论何时都可以工作,也就意味着无论何时都无法从工作中自由脱身。就算和家人一起去度假,我也会随身携带着小本子,以便记下旅途中那些突然来的灵感,思绪的一角总是牵挂着工作。

我甚至睡觉的时候也自由不得,生怕睡着睡着突然来了灵感,于是习惯性地在枕边放个小本子。听说有的数学家在梦里解开了某个冥思苦想的难题,这不是完全没有根据的。

据说,如果在睡眠之前高度集中于某个特定的问题,入睡后,大脑就会在整理当天信息的过程中解开那个问题。我也有过这种情况,躺在床上对某个写作手法反复琢磨,第二天早上真的想到了满意的句子。一方面,因为全身心地投入其中而深感欣慰和充实;另一方面,却连睡觉都无法获得自由,又未免凄凉了些。

我之所以将一天24小时都花费在写作上,理由就是创作需要投入。当一个人全身心地投入时,往往能取得超越自身能力的成果。我读自己曾经创作的书时,虽然有的文章令我脸红羞愧,但是偶尔也有文章令自己都为之动容:"我是怎么写出这么精彩的词句的?"

我曾经与一位作曲家和一位MV导演一起谈过这样的话题,他们也都说自己有过相同的感受,会惊讶于自己的作品:"这真的是我做的吗?"然后沉浸在被自己感动的时刻。

我们都笑着说自己太自恋了。而那天的聚会，我们也得出了一个结论，就是"投入的力量"：当我们集中精力，全身心地投入时，平时隐藏着的力量也能发挥出来。

写作也和其他的创作一样，需要投入，好的文章是无数次修改的产物。有这样一句话："画儿越改越糟，文章越改越好。"天赋不足的我，想通过改了又改来弥补不足。

有一次，我要在学校的开学典礼上致辞，得写发言稿。稿子我两天就写完了，接下来的24天里，我都在修改。可能有的人是这样的：如果给他十天时间，他会苦思冥想九天，用最后一天去写。而我是第一天就开始写，然后揪住文章不放，反复修改之后才发稿。

记得我在写《千万次摇摆，才能长大成人》的原稿时，我的编辑曾对我说："教授，您是千万次修改才能成文呀。"

如此一来，对我的文章最敏感的人反而就是我自己。白天冥思苦想，夜里辗转反侧，将写好的文字反复修改，试图写出更好的文章。这样一来，我的性格也变得神经质起来。也许这对写作会有所帮助，内心却更容易受伤了。如果有谁批评我的文章，我表面上会说"谢谢您的指点"，但内心会超乎寻常地痛——自认为已经修改得足够充分了，已经写出了自己最好的水平，却被人指责和否定。

也许正因如此，作家或艺术家中很少有政客。这些人基本上都尽可能少地与人见面，严格律己，对他人的批判很敏感。政客却相反,他们尽可能多地与人见面,不管对什么都自信满满。对于别人的批判,他们更倾向于相信自己已经做得不错了。由此来看:同样是司法人员,检察官比法官更适合政治;同样是执笔写字的人,记者比作家更适合政治。

有时候,我也会被问到有没有从政的想法,这样问我的人对我真的不甚了解。我对从政没半点儿兴趣,而且它也完全不适合我。

总之,写作是孤独的,也是呕心镂骨的。


开始写作之后,我发生了变化。我开始顾忌与别人见面,把自己关在自我的世界里,一点小小的批判也会让我受伤。虽然我知道自己的这些负面变化,但写作的时间比例还是在逐渐增大。

是什么让人如此上瘾呢?

我认为写作是我所能做的事情中最有意义的,而事情的"意义"很重要。

宾夕法尼亚大学沃顿商学院教授、著名谈判和人际关系专家G.理查德·谢尔(G. Richard Shell)强调说:"应该寻找人生中有意义的事情。"有意义的事情是什么呢?不仅仅是报酬丰厚、名声在外的事情,那些能够激发人的热情并能充分展示才能的事情,才是与我们生命相关联的、有意义的事。

有"黄金手铐"这么一个词。那些毕业于名牌大学、擅长定量分析的卓越之人,虽然在金融、会计、咨询业界拿着超高的薪水,但他们日复一日的工作是非常无聊的。他们已经习惯了那种高薪与消费水准,所以即使完全不喜欢当下的工作,他们也无法马上放弃。这个时候,我们就说他们戴着"黄金手铐"。

当然,肯定也有人羡慕这种"进退两难"的境地,但我们不得不承认,这个世界上也存在着许多无法光靠丰厚的报酬就能衡量的工作。我们对待工作的感受,不是源于填满一天的活动内容,而是源于对待工作的态度。

我对自己的唯一期望是:不在意他人的眼光,自由地、坚持不懈地去做我认为真正有意义的事情。即使那件事情是孤独的、令人呕心镂骨的,也不要放弃,而是继续坚持下去,仅此而已。

今天,我也一边鼓励自己,一边写满了这空白的纸张。

# 第三章

## 殷切地期望,用心去实践

走出过去的阴霾,

重新拥抱幸福,

对未来充满新的期待。

学会爱,学会成长,

相信一切都会如你所愿。

# 在知足和进取之间
# 找到平衡点

之前，我为了写《中国趋势》(Trend China)，去重庆的磁器口进行过实地考察。那里和首尔的仁寺洞差不多，密密麻麻的民间艺术品店和小吃店布满街道。

其中一位将汉字画成画的老爷爷尤为引人注目。我想我也该做一件纪念品了，于是就把名字的汉字给老人家看了一下，请他画成画。

那时，给我当翻译的中国学生可能说了一句"这是从韩国来的非常有名的教授，请给画得好一点儿"。老人家瞟了我一眼，表情里夹带着些许不满，在我的名字旁边加了一句话：知足常乐。

老人家把字写好递给我时的表情仿佛在说："你很了不起，是吧？哼，中国《道德经》里说，'知足不辱，知止不殆，可以长久'，走一条知道适可而止、懂得知足的路吧！"

当然，我要走的路还很长，但是那位老人家一挥而就的"知足常乐"令我很震撼。想想看，在过去的时间里，我总是不知足，连自己追求的是什么都不明确，就那么马不停蹄地一路奔跑。

现在，我想暂时停下脚步，想想曾经那么拼命是为了什么；为了取得成就，我有没有忽略真正宝贵的东西；实现了所有追求的我，是否就是真正的我……

"知足常乐"，这四个字是在警告我。

到现在为止，是什么驱动着我呢？

青少年时期是念好的大学，青年时期是找到好的工作，而真正长大成人后是价值、名声、金钱之类的。虽然每个时期的状态都发生了改变，但是最终都是对"成就"的渴望。

喜欢也好，不喜欢也罢，事实上就是这"成就欲"造就了现在的我。但是，这位老爷爷现在跟我讲"知足"，我突然停下不断奔跑的脚步，问自己："我应该在哪里知足呢？"

应该不是只有我这样，大部分人的一生都游走于进取与知足之间。让我们假设一下两极化的人生吧：一头是追求知足的人生，另一头是专注于进取的人生。

知足型的人生，就是珍视生活中的每个"小确幸"，并从中感到幸福，继续生活下去。很多信奉宗教的人就过着典型的知足型人生，他们是心灵富豪。他们在权势和物质方面也许拥有的相对较少，但是他们将自己的信仰和与周围人的关系视为瑰宝，追求着日常的幸福。不单单是他们，我们的身边有好多人从平凡的日常生活中寻找幸福，快快乐乐地度过每一天。他们是生活富豪。

进取型的人生，就是抱着"要成为什么"的明确目标，即使牺牲现在，也要为实现目标而努力。当靠近目标的时候，就会感到幸福。如果说知足型的人力求从现在的自己身上感到满足，进取型的人反而是从现在的自己身上感到饥渴，他们迫切地希望能做得更好。

运动员是典型的过着进取型人生的一类人。为了取得更好的成绩，他们时刻鞭策着自己多做练习。

知足型人生和进取型人生，哪个更可取呢？当然就如前文所说的，二者需要调和，不能太极端。

过分知足型的人生，有空虚之忧。在印度，有些人即使处于极度贫穷中也相信来世，认为现在是幸福的。虽然我们提倡对微不足道的日常要感到知足，但是当我们看着他们浑浑噩噩、不思进取地度过每一天，心里难免觉得堵得慌。

但是，如果一味地执着于成就，人生就会变得刻薄、爱钻营。不管是财产还是地位，又或是权力，太过贪婪地专注于这些目标，就会失去像人际关系或健康这样真正宝贵的东西。我见过太多这样的人了。学者们称这样的人为"进取上瘾者"或"饥饿的幽灵"。

看着这样的人，我们也会感到心塞，不禁会问道："到底是为了什么而那样活呢？"极端的进取型人生弄不好就会变质为贫瘠的人生。

我们应该追求的理想人生，位于二者的平衡点，应该是知足型人生和进取型人生适当地调和后的状态。但是，这世上还有什么比"适当"二字更难呢？我们每天都在疑问面前苦恼着，是为了追求眼前小小的满足而生活，还是为了明天的成就而牺牲今天？

"应该怎么活"，这个宏大的人生哲学问题，说到底，其实是"知足和进取之间，平衡之秤砣放在哪里"的问题。

那么，我们再次真挚地想一想吧：该如何寻找知足和进取之间的协调与平衡呢？

每个人的秉性和价值观都不同，追求的理想也随着时代和自身条件的不同而不同。对于这个问题，要找出一个统一的答案是不易的。甚至还有分析称，大体上寒冷国家的人更偏向进取型，而炎热国家的人更偏向知足型。

我觉得那个平衡点也会随着年龄的变化而变化。年轻的时候需要一定程度的进取，而随着年龄的增长，就应该越来越侧重于知足。

年轻时应该尽可能地自我敦促、不懈地努力，理由是年轻人的人生存在更多的可能性。人们常说"做自己喜欢的事""做自己擅长的事"，其实我们对自己喜欢什么、擅长什么，在小时候是很难意识到的。

转眼间，我现在都年过半百了，朋友中几乎没有人是按年轻时的梦想生活的。当然，我也是如此。就算是这样，也不能说因为没能实现年轻时的梦想就是不幸的。

幸与不幸怎样评估呢？做着自己喜欢又擅长的事情的人很幸福，而为了生计做着自己不喜欢的事情就没那么幸福了。

自己擅长的事情，不是做着梦就会梦到，也不是突然某天就会掉在我们面前，而是将自己推至极限，在无数次尝试之后才可以做到。所以，年轻的时候不畏失败，尽全力去尝试自己能做的事情是非常重要的。

像这样，在可以鞭策自己的时期，如果过早地满足于微小而琐碎的日常，就很难发现自身可能性的界限到底在哪里。

但是，上了年纪也不知道满足而过度沉浸于世俗的成就欲中，那就不太合适了。我们常把上了年纪的人的野心称为"老欲",与之最匹配的词就是"丑陋不堪"了。

随着年龄的增长,要做到对小小的成就也能感到满足,并调整自己的期望值,人需要这种能力。

那么,应该从多少岁开始学会知足而不再一味地追求成就呢?这不取决于身体年龄,而在于"可能性"。到了人生的某个时刻,确认了自己的可能性后,珍惜并守护自己所拥有的一切很重要。当然,人各不相同,在"挑战还是把守"的分界处,进取和知足的平衡点总会发生改变。

现在的韩国社会正好呈现出相反的趋势。上了年纪的人仍旧奋发进取,而年轻人却过早地对生活感到满足。

我想这种矛盾可能源于韩国固有的历史经验吧。韩国是个极为进取型的国家。

20世纪60年代初,在韩国人均国民所得还不足100美元的贫困中,现在的老一辈当时就是想知足也没有条件。如果不奋力进取,就只能陷入无穷的贫困中。所以,现在50多岁的老一辈人中,不管大事小事都抱着进取型思维的人很多。

相反,现在的年青一代都是出生于韩国经济较为发达的时期,社会价值变得多元化,社会安全网也变得更加牢固,不用那么拼命也不必担心会饿死。对他们而言，满足当下，享受生活则变得更重要了。

我们是为了什么而如此奔波呢？金钱、名誉、权力、学历、安乐，还有幸福……对这些目标的渴望造就了现在的我们。但是，为了这些而反复念叨着"就一点儿，再多一点点"，无休止地向上攀登的话，我们总有一天会像希腊神话中双翼上的蜡被太阳融化而跌落水中丧生的伊卡洛斯一样，瞬间坠落。

亚里士多德的《诗学》中有"hamartia"这一概念，被译为"悲剧性弱点"（tragic flaw）。意思是，令英雄人物没落的决定性缺点。但是，很多英雄人物的没落并不是偶然的不幸，而正是令他们成为英雄的优点（如成就欲）导致了他们的没落。

换句话说，令一个人没落的缺点，并不是命运般的诅咒，而正是曾指引着他向上攀岩的优点。这多么讽刺！

在拼命努力的同时适时地知足，我们需要这种中庸的智慧。打个比方，我们的成就欲就好比汽车的油门，知足就是刹车。没有油门的车不会前行，而没有刹车的车就会狂奔不止。说到底，我们的人生取决于如何更好地操作进取和知足这对油门和刹车。

那么，你又是怎样的呢？是边欣赏着周边的美景，边定速安全前行，还是为了在最短的时间里到达目的地而极速狂奔？又或是视情况而定，在路况好的时候踩下油门享受速度与激情，在交通阻塞的时候踩下刹车欣赏周边的美景？

　　选择权在你的手中。

太过贪婪地专注于这些目标，
就会失去像人际关系或健康这样真正宝贵的东西。
我见过太多这样的人了。
学者们称这样的人为"进取上瘾者"或"饥饿的幽灵"。

知足常乐——
"知道满足，就会总是快乐。"

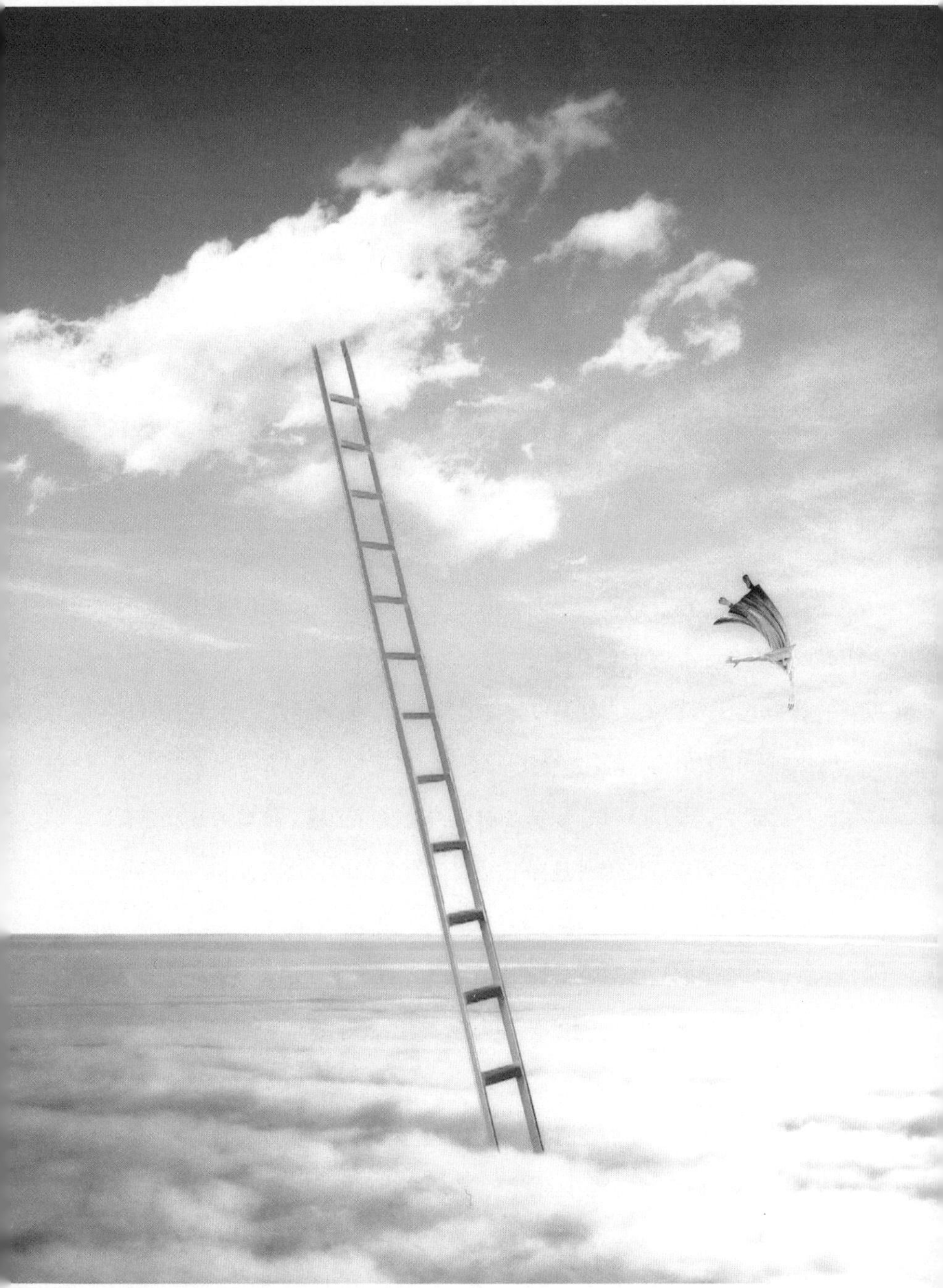

## 在十秒内说出三个愿望，
## 就真的会实现

———————

1月1日，新年第一天。早上，和家人互道了新年祝福，之后吃了早饭，接着我就开始发愁了：新年的第一次出门去哪儿好呢？其实也不必多想，当然是去健身俱乐部了。因为我曾多次暗下决心：今年一定要努力运动。

到了健身俱乐部，职员 S 君热情地接待了我。他曾为是放弃所读的大学再考新的专业还是开始找工作而苦恼，还因此和我促膝长谈过。

"新年快乐！希望你诸事遂愿。"我对他说着新年祝语，从他手中接过储物柜的钥匙，正要往里走，突然很好奇，就问他，"S 君今年的愿望是什么？"

他一时半会儿没能回答上来：

"这个嘛，您突然这么一问，我还真想不出来呢。"

我果断地跟他说:"这可不行啊。据说,如果神出现并问你愿望的话,要在十秒之内说出三个愿望才能实现。这样吧,从现在开始,给你十秒钟时间,说出三个愿望。开始!"

"身体健康……挣很多钱……"

说完这两条已经过了十秒,于是,我跟他说在我做完运动出来前想好最后一个,便去了更衣室。

为什么呢?为什么只有在十秒之内说出三个愿望才能实现呢?有人对我说明了理由,我觉得还真是那么回事儿——因为那是来自心底的渴望。十秒之内就能说出来的三个愿望,应该是平时一直期待的东西。如果在被问到的时候才开始想的话,说明自己并不迫切想实现,而并不迫切的愿望就很难实现。

渴望的力量很强大,因为它能让人把为实现愿望而下定的决心付诸行动。在学校里,我偶尔会开写作讲座。做讲座之前,我会说:"迫切地渴望把文章写好的同学留下来,其他的同学出去也无妨。"因为文章嘛,不管是谁都能写,但是要想把文章写得"更好一点儿",就要不断地努力。

如果没有那种迫切的渴望,枯燥的写作练习是无法持续的。不管是什么事情,实践是最困难的。只有至极地渴望,才能将之付诸实践。

如果有人在十秒内立马说出了三个愿望，我会立刻让他说出为了实现愿望而做出的努力。每个愿望对应着一种努力的行为，也是在十秒之内。这个回答起来比想象的要难，我还没遇见过能在十秒之内说出实现愿望的具体方法的人。但可以确定的是，如果你什么都不做，那么任何愿望都实现不了。

　　一再地重复相同的事情，却期待不同的结果，这是荒谬的。

爱因斯坦的这句话不仅适用于科学实验，也完全适用于我们的生活。每天都重复相同的今天，是不可能期待一个不同的明天的。人们望着新年升起的太阳许愿，但好像并不去考虑为实现愿望而要做的事。

不管是多殷切的祈祷，如果没有新的尝试，那种迫切的渴望也只不过是爱因斯坦所说的荒谬。

做完运动出来，我又问 S 君："你想好最后一个愿望了吗？"

"是找工作吧。"

他话一说完，我就接着问道："你的愿望是身体健康、挣很多钱、找到工作，对吧？那么，你说一下为了实现这些你做了什么。就说一条，也在十秒之内。"

他又犹豫了。

我想问一下正在看着这篇文章的你：你的愿望是什么呢？请在十秒之内说出三条。而且，为了实现这些愿望，你做了什么呢？也希望你能在十秒之内回答出来。

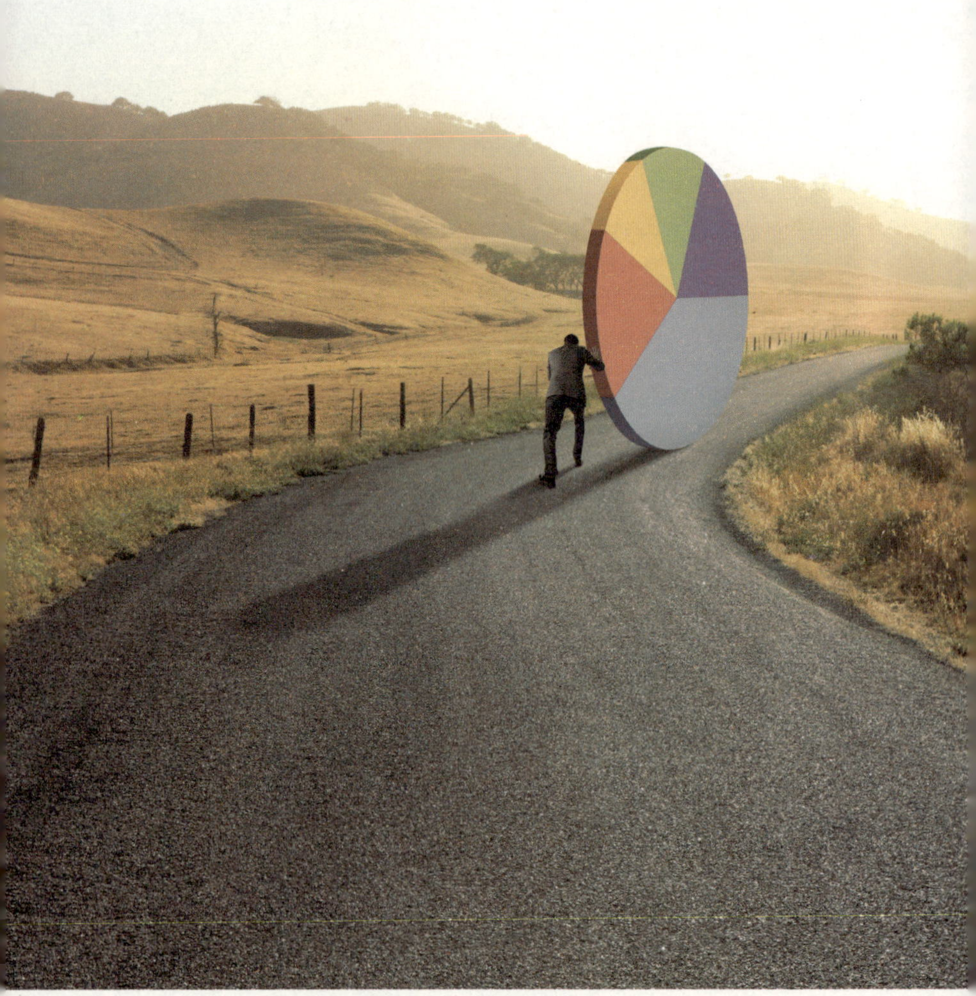

渴望的力量很强大。
每天都重复相同的今天,
是不可能期待一个不同的明天的。
人们望着新年升起的太阳许愿,
但好像并不去考虑
为实现愿望而要做的事。
不管是多殷切的祈祷,
如果没有新的尝试,
那种迫切的渴望也只不过是
爱因斯坦所说的荒谬。

## 非暴力沟通实践版：
## 学会跟电梯说话

我在17楼，想去1楼，而电梯现在停在负一楼。应该按哪个按钮呢？当然是"下行（↓）"按钮。但是，有时候也会失误而按了"上行（↑）"按钮。等电梯来了，看到亮着的上行按钮才知道自己按错了。

为什么会按错呢？因为我就像对在负一楼的电梯命令说"上来"，所以按了上行按钮。既然说到这个了，那么让我们想想吧，应该对电梯说什么才好呢？是"我想下去"，还是"电梯，你快点儿上来"？问题的关键就在于是把"我"作为主语，还是把"对方"作为主语。

"你怎么这么乱糟糟的，快收拾一下房间！"

"你是每次都迟到啊，不能来早点儿吗？"

这是今天我对儿子以及我的一个学生絮叨的话。这两句话的共同点是什么呢？是"你"。对，主语是第二人称。为方便起见，这里我们就叫它"你—对话法"吧。

这些话的主语要是换成第一人称会怎样呢?就像说"我想下去"并按下电梯的下行按钮那样。这里,我们就叫它"我—对话法"吧。

"我觉得你把房间收拾干净一点儿会比较好。"

"我希望你上课不要迟到,不要妨碍到其他同学。"

站在听者的角度,哪种说法会更好一些呢?当然是后者,即用"我—对话法"会让人更舒服一些。这不是单纯的口才问题,而是一种被系统性地研究的对话法——非暴力沟通(Nonviolent Communication,NVC),即"认可彼此的差异,让人和平地解决矛盾的沟通方法"。提出非暴力沟通这一概念的马歇尔·卢森堡博士说,如果我们都使用将心比心、互相体谅的沟通方法,那么即使在难以忍受的情况下,也能够不失人性。所以,这种沟通方法又被称为"善意的沟通"(Compassionate Communication)。

根据善意沟通法,"我—对话法"比"你—对话法"更可取。

比如有两种表达方式,"A真是个令人倒胃口的家伙"与"我觉得A在这次课题中不做好自己分内的活儿,总是逃避,我的心里很不是滋味",像后者这样说就会更好些。

如果以"你"或者"他"开头进行对话的话,描述对象的特性就会被定格。听的人因为几次失误而成为你口中的"邋遢的人""懒惰的人",甚至是"晦气的人"。这种对话是评价,是指责,是给人打上了标签。

但是，如果用"我—对话法"，就不会触及对方的"本质"，只是根据对方的行为来说出"我的感受"。这种沟通方式既不会伤害到对方的情绪，又给了对方改善的余地，是非常可取的。

这种非暴力沟通，其出发点在于"不总结对方的特性而对之进行评价，而是只根据对方的具体言行说出我的感受和要求"。这样既可以轻易地获得"我想要的"，又可以将矛盾最小化。

这样其实并不难，但还是有很多人做不到这一点，究其原因，就在于对对方有不合理的"期待"。"一家人，就算不说你也应该知道，难道一定要说吗？"

渐渐地，愤怒越积越多，终于在某一天爆发了："你就是个工作的奴隶！"

但是，我们如果不表达出来的话，是无法知道彼此的心意的，只能猜测。"我—对话法"的关键不仅仅在于以"我"开头，还能将我的感受和请求坦率地、具体地表达出来。

非暴力沟通还有一个亮点：这种善意沟通法同样适用于自己。比如，开始减肥没几天就去参加婚礼，结果在自助餐宴上暴饮暴食了。这时候，"我怎么这么意志薄弱"——以这种方式自我审判、评定可不是个好主意。很可能当天就会成为你减肥的终结日，因为你已经给自己打上了"我本来就是意志薄弱的人"这一标签。相反，

"好久没吃这么美味的东西了,看来我太有食欲了。不过,我还是想变苗条,所以继续减肥吧"。以这种方式"自我理解",减肥随时可以重新开始。

怎么说是非常重要的,因为说出口的话是衡量一个人人性的尺子。非暴力沟通既是维持与他人关系融洽的一种技巧,也是调整自己心态的一种思考方式。

在日常生活中,虽然很努力地想实践非暴力沟通,实则没那么容易。因为在激动的时候,平时说话的语气会马上蹦出来。看到突然插到前面的车,马上会有这样的反应:"这家伙真是个神经病!还有这样开车的?!"而像君子般认为"这样突然挤进来真是令人不爽。估计是有什么急事吧,不过还是能开慢点儿就好了",要这样说可不容易。

但是再想一想,我既没有报复性驾驶的想法,也没有打开车窗大骂的勇气。既然这样,干脆用"我—对话法"去思考,反而对自己的情绪和健康有益。"我—对话法"的非暴力沟通不是对对方慈悲,而是对自己友好。

说实在的,虽然我也想牢记"我—对话法",但是仍然做不到,甚至还经常忘记这种沟通方式。所以,我想出的方法就是每当我按电梯按钮的时候就跟电梯说话,让自己每天都能记住非暴力沟通法。

不是"电梯呀,你快点儿上来吧",而是"电梯呀,我想下去"。

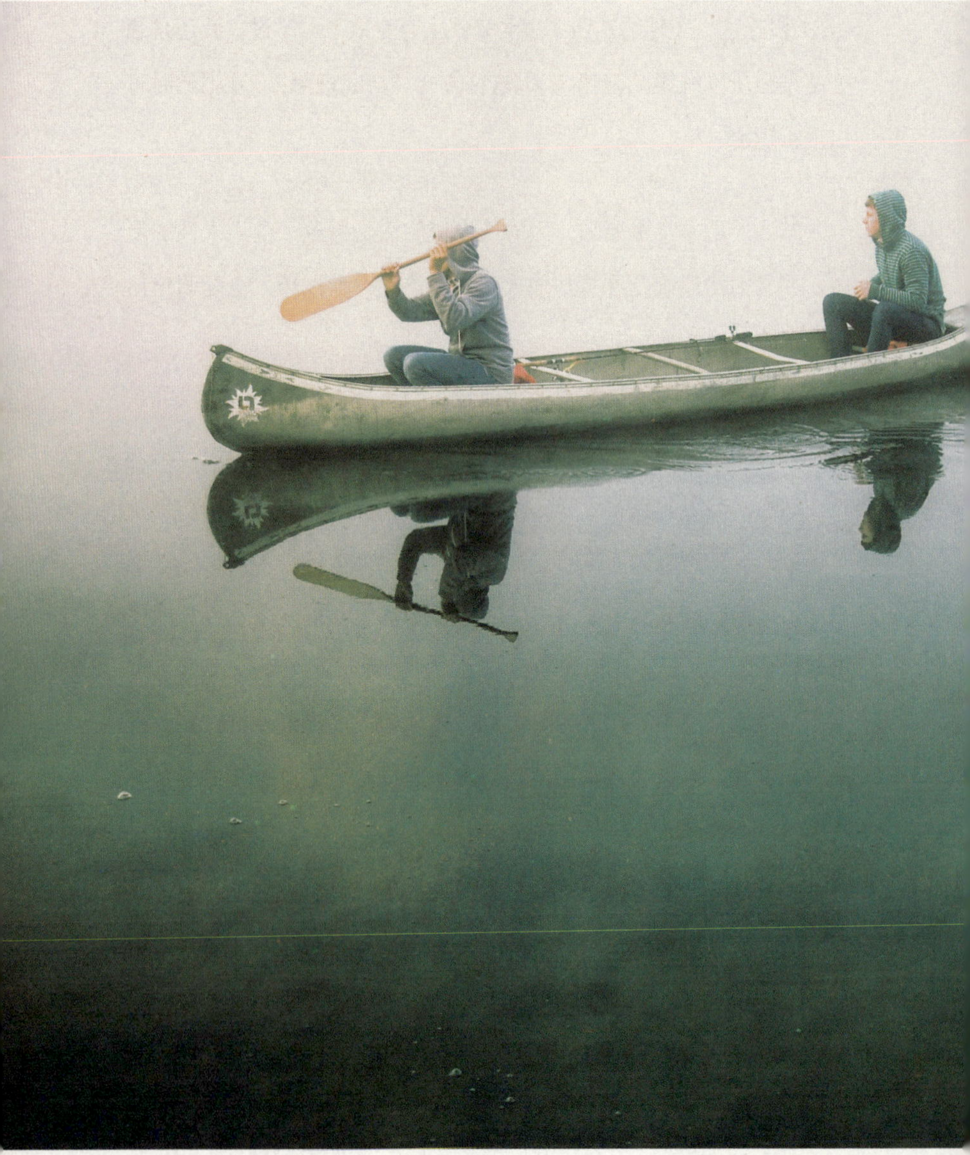

怎么说是非常重要的。
我们如果不表达出来的话，
是无法知道彼此的心意的，
只能猜测。

如果我们都使用将心比心、
互相体谅的沟通方法，
那么即使在难以忍受的情况下，
也能够不失人性。

## 人际关系的黄金沟通法：
## 用赞美代替责备

### 丈夫的隐情

为了庆祝结婚纪念日，我和妻子决定外出就餐。去哪儿呢？我在网上搜索着，朋友们也给我推荐了一些地方，但我还是觉得去过的地方最保险，于是就预订了学会聚会时去过的一家不错的西餐厅。我和妻子走进大堂，里面的装饰很精美、有范儿。

"怎么样？"我有点儿得意地问妻子。妻子回答的第一句话是："噢，这么贵的地方，你和谁一起来过呀？"

我瞬间不知所措，磕磕巴巴地跟妻子说起了之前的学会聚会，不过妻子好像根本没听进去。后来，我跟一位女教授同事说起了这件事。同事跟我说："那只不过是'妻子们的套话'罢了，不必那么介意。"

但是，我的内心似乎还残留着那种狼狈感。所以从那天以后，每次出去吃饭，我都让妻子选地方。表面上，我看似是一个尊重妻子的、很民主的丈夫，而实际上我的内心并不如此。因为不管是套话还是训斥，我都不想再听一句了。

那天，其实哪怕妻子就简短地称赞一下我找到了好餐厅，哪怕是假装感动一下，我都会高兴地继续寻找新的美食店。就因为没能得到一句称赞，便把挑选餐厅的任务交给妻子，这样的我，心胸也太狭隘了。

### 妻子的隐情

最近，美食节目层出不穷，妻子也开始尝试做各种新的菜品。

"这个是电视上有名的主厨做过的呢。"

味道还行，不过也没到令人惊艳的地步，再加上我觉得那个主厨也不怎么样，于是就很坦白地说："嗯，还凑合吧，没什么特别……"

从那天以后，餐桌上再也没有出现过那道菜和其他新式的饭菜。过后，我意识到是我错了。其实，我也不必像美食节目的记者那样夸大其词地称赞，而只要说一句"电视上看起来也就那样，但是你做得特别好吃"，那就完美了。

不过，因为那天做的菜没得到称赞，就每天都端出相似饭菜的妻子，未免也太过分了吧？

## 孩子的委屈

### 一百分

陈贤晶

妈妈不是跟你说过了吗？
题目要看仔细，
全部做完后再检查一遍。
一题都不错，
那才是实力。
绝对不能失误，
我有没有说过？
就是因为不专心才会这样。
非得错一题，
要说几遍你才能听懂？

你哭什么呢？

考试只错了一道题已经很了不起了,可妈妈却在训斥孩子。当然,妈妈也不是故意的,只是出于"都是为你好"的惯性责备,希望孩子能做得更好。再想想我自己,对学习成绩很好的小儿子,我也是责备多于称赞。当然是希望他不要松懈,而是再接再厉,做得更好。但是,不得不承认还是我错了。对不起,儿子。

不过话说回来,孩子听到这样的责备后,真的会下定决心"下次一定要仔细看题目,做完后再检查一遍,一定要拿到一百分"吗?又有哪个孩子会因为被称赞"只错了一道题,你很棒",就心想"错一道题也被称赞,下次我再错两道题"?其实,更多的孩子心里会想"下次一定要拿到一百分,得到更多的称赞",不是吗?

## 让我们来称赞吧

好久没被称赞了?小时候,如果考试考得好,就会得到父母的夸奖。校内大合唱比赛获胜,得到了班主任的称赞。印象中除了这些之外,好像别无其他,之后就不曾再听过谁的赞美了。

我也好久没有称赞过别人了。就像前面所说的,不仅仅是对妻子和儿子,我对我的学生也不怎么称赞。如果学生的论文写得好,说一句"嗯,写得不错,辛苦了"该多好,可不知为什么,这句话却很难轻易说出口。

我们这个社会亦是如此。比起"各位，辛苦了！托大家的福，我们实现了营业额一百亿韩元的目标"，我们听到的更多的是："各位，公司正面临着危机！全球竞争日趋激烈，我们的营业额却还停留在一百亿韩元！"

怎么说呢？就是每天都有危机，每天都在挑毛病。这是一个赞美已不复存在的社会，赞美已经被难以名状的不安与老套的责备所取代。

我们常误以为责备能改善现状，其实责备只能牵制不好的行动，而称赞才能更有效地引导好的行动。

当孩子重复做着不好的事情，或者员工违反了规定时，严厉的斥责和惩罚有助于减少那些错误的行为。但是，如果希望孩子彬彬有礼，或者希望员工提高工作效率，责备不会有任何效果，而只有称赞才能使其成为可能。

所以，想让丈夫经常预订好的餐厅，想让妻子继续尝试做新颖的美味菜品，想让孩子更努力地学习，称赞才是最好的方法。

我在《千万次摇摆，才能长大成人》一书中写过，家庭关系是"微小的话语堆砌而成的塔"。而微小的话语中，排在首位的便是称赞。现在，我们大家都需要的不正是"谢谢""你做得很棒""辛苦了"这样小小的称赞吗？

　　人生在世，能获得别人的称赞并不容易，那我们就先从称赞别人做起吧，从我们最应该给予赞美却一直未得到我们称赞的身边人开始吧！

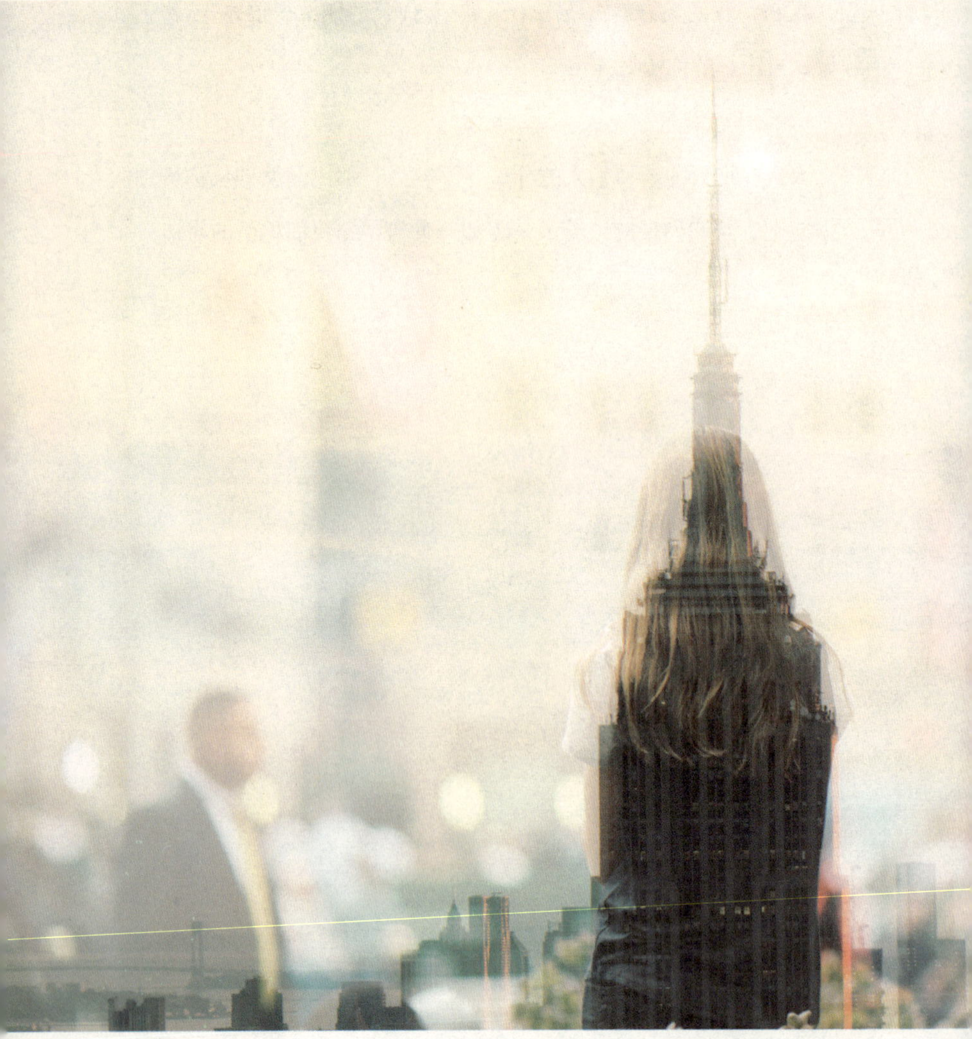

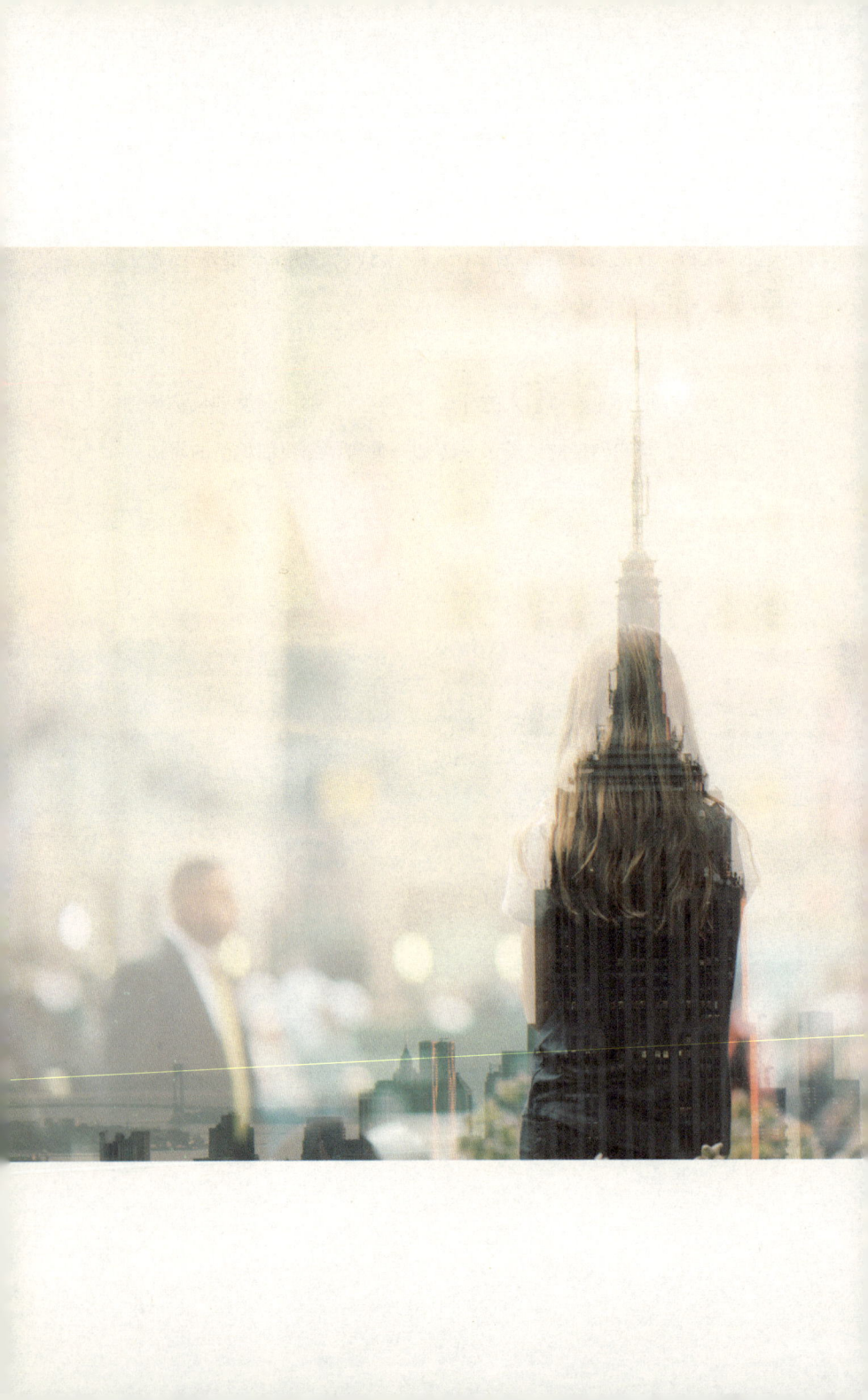

绝对不能失误，
我有没有说过？
就是因为不专心才会这样。
非得错一题，
要说几遍你才能听懂？

你哭什么呢？

——陈贤晶《一百分》

## 如何打破"越忙越拖延"的恶性循环

我整理了一下书柜。本来和出版社已经约好了晚上 10 点前交稿，根本没有闲暇工夫。突然觉着书柜里的书放得歪歪扭扭的，于是就放下开着的电脑，撸起袖子整理了起来。把要扔的书和要留下的书分开，要留下的书又按主题进行分类。接着，我又想区分一下眼下要读的书和暂时不看的书，可是书实在太多了，都不知道该往哪儿放，看来不是一时半会儿就能收拾完的。

"本来就快要忙死了，我这是在干吗呢？"

想到这儿，我自己都觉得懊恼。我想起了以前上学的时候，有一次期末考试出题范围非常广，而就在考试前一天的晚上，我却整理起了 CD。为什么我在真正紧急而重要的事情面前却做着其他不着边际的事呢？

答案是在逃避。

我应该专注的最重要的事情是把期限将至的稿件写完、复习期末考试，但是因为太难、太多了，所以连开始的念头都没有。但是，如果什么都不做的话会有种负罪感，所以就借着平时拖延的"稍微重要的事"来逃避，如整理书柜或CD。

因为当埋头于"稍微重要的事"时，起码可以放下因推迟"真正重要的事"而产生的心理负担。

回想起来，我好像经常逃避：记不清是什么时候，学校的某件事需要采取法律措施，我却担心会给谁造成伤害，就说会试试其他的方法，结果在网上搜索了一天；感到心口痛，于是决定做一次精密检查，结果根本又不想做，吃过午饭后就散了个步聊以自慰。有一定要去做的事情，但又无法痛痛快快地付诸行动，当我有着这样的心理时，就总是用"稍微重要的事"来逃避。

那你又是怎样的呢？

此时此刻，你最急迫、最重要的事情是什么呢？你是正在做还是在推迟，或者借着"稍微重要的事"自我安慰呢？

流淌的水遇到水坑，只有在填满水坑后才可以继续向前流淌。

先做对你来说最为重要的事情吧！现在，马上。

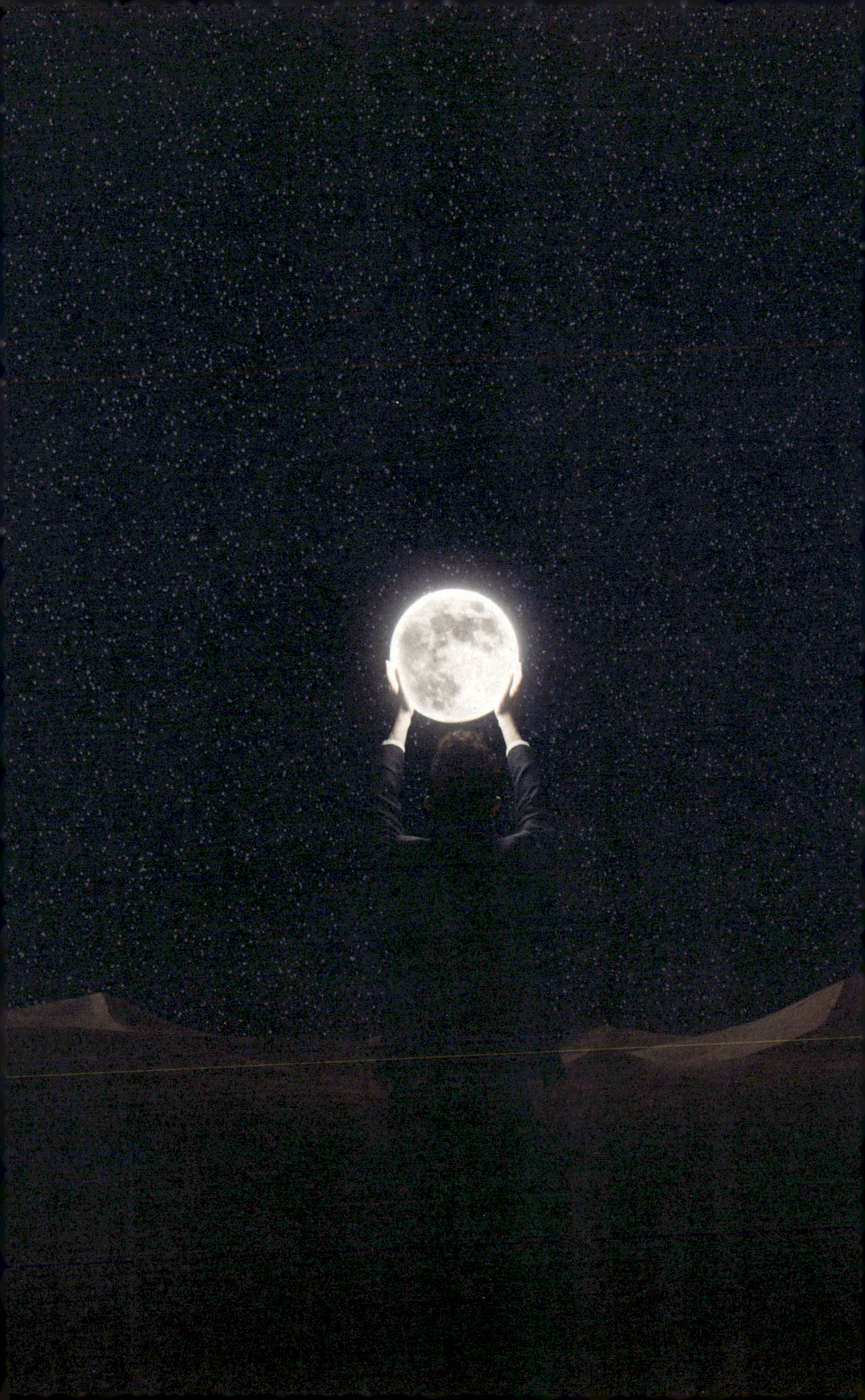

为什么我在真正紧急而重要的事情面前
却做着其他不着边际的事呢?

答案是在逃避。
因为当埋头于"稍微重要的事"时,
起码可以放下因推迟"真正重要的事"
而产生的心理负担。

那你又是怎样的呢?
此时此刻,
你最急迫、最重要的事情是什么呢?

请不断学习,不管你多少岁,
怀抱着什么样的梦想

―――――――

### 八岁的梦想

釜山釜田小学一年级　朴蔡妍

我 2000 年小学毕业后

要上国际初中

初中毕业后

要上民族史观高中

高中毕业后

要去读哈佛大学

是的,所以我最想做的

真正想做的

就是当一名美发师

我会经常读童诗，尤其喜欢读小朋友们自己写的诗。他们看世界的眼光中，蕴藏着我们大人所错过的世界的真正面貌。孩子是大人的镜子。

这首诗尤其让我心酸。短短的几行诗，让我们看到了一个八岁孩子的梦想和父母的期望之间无法弥合的缝隙。孩子会按照父母所期望的那样考进名牌大学，但是对于梦想，她在内心深处还是无法放下。真是了不起的服从和令人佩服的反抗。

要实现美发师的梦想还需要什么教育呢？诗的字里行间可以看得出这种嘲讽，但是也可以反过来想，也许这首诗为我们提出了成为一名美发师的最佳方法。换句话说，就是要成为一名美发师，也得多学习。在我认识了堪称韩国最成功的美发师——JUNO HAIR（韩国知名美容美发连锁店）的姜允善总经理后，我的这种想法更坚定了。

出了书之后，我会经常做一些演讲。没有比作者的演讲更有效的图书宣传方式了，看着为了宣传我的书而东奔西走的出版社的职员们，我决定就算不太情愿，也要尽可能地去进行演讲。我每年出书的时候，一个公司总会一次不落地邀请我去做演讲，那就是JUNO HAIR。第一次接到演讲邀请的时候，我有些惊讶："发型师们居然看我的书？"

我的这种偏见在演讲现场完全被打破了。狭小的讲堂里坐满了发型师，他们比首尔大学的学生或大企业的高管都认真、积极地听着我的演讲。演讲者靠听众的反应过活。从那以后，不管多忙，只要是 JUNO HAIR 的演讲邀请，我都会参加。

读书经营是 JUNO HAIR 的姜允善总经理的哲学。20 年来，JUNO HAIR 的所有职员都义务性地每个月读一本书。姜经理说，读书会提高思维水平，思维水平提高了，不但美发技术会提高，自我实现的可能的概率也会增大。就算有的职员因为不喜欢写读后感而辞职，她也绝对不放弃读书这个原则。姜经理的这股韧劲儿真的令人佩服。

作为一名写书人，可能是我的轻率判断，但我还是觉得，JUNO HAIR 之所以能成为拥有 100 多家直营店和 2500 多名职员的顶尖美发品牌，其秘诀就在于此——他们都在学习。

我们一般都会认为一名出色的美发师，其美发技术是最重要的，但是美发技术只是开一家成功的美发店所需的众多条件之一。其他的条件还有：需要通过多样化、富有创意的方法满足顾客，还要有效地激发职员的工作热情，并进行业务管理；要制订市场营销计划，还要熟知运营所需的各种法律合同、会计和税务知识等；要想掌握最新美发趋势和技术，还需要不亚于学生时代的那种学习能力。这些，仅靠美发技术是远远不够的。

也正是有相似的原因，我一般不轻易去给初中生和高中生做演讲。因为面对十多岁的青少年，少不得要说的话就是"不管你有什么样的梦想，现在有多辛苦、疲惫不堪，都要努力学习"，而我真的那样说的话，大家又免不了会失望。之前有一次，小儿子所在的学校诚恳地邀请我去给初中三年级的学生做一次特别讲座。听说那天晚上，儿子朋友的妈妈问："课上讲什么了？"结果，小朋友脸色阴沉地说"就是叫努力学习呗"，然后就走进房间关上了门。听了这个，我笑了好长时间。

如果有初中生和高中生在读我的这篇文章的话，也许他们又会失望道："唉，也真是拿兰都老师没辙了。"但是，重要的不是成为烹饪师还是美发师，而是通过那个职业活出精彩的人生。为了活出精彩的人生，不论是工作还是念大学，都需要学习，而学习最好是在学习能力最强、可能性最多的青年时期进行。

不久前，我在深夜广播中听到说唱歌手 Ja Mezz 说"正确的话，有很多都是陈词滥调"时，情不自禁地点了点头。让人努力学习的话，也是令人厌烦的陈词滥调。

但是即便如此，我还是时常把这些话挂在嘴边，因为这是无法否认的事实。所以，学生自不必说了，所有在人生这所学校找寻着自己未来之路的人，都应该把"学习"这门功课继续下去。

"努力学习吧，不管你多少岁，怀抱着什么样的梦想。"

让人努力学习的话,
也是令人厌烦的陈词滥调。
但是即便如此,
我还是时常把这些话挂在嘴边,
因为这是无法否认的事实。
所以,学生自不必说了,
所有在人生这所学校
找寻着自己未来之路的人,
都应该把"学习"这门功课继续下去。

"努力学习吧,
不管你多少岁,怀抱着什么样的梦想。"

## 廉价的认同：
## 为什么网上社交会让你更加焦虑

————

20世纪80年代末，还是研究生的我第一次见到了计算机。对我来说，那不单单是一种新机器，而是一个新世界。而当智能手机横空出世的时候，我的震惊又翻倍了。

这个贪婪的小机器已经吃掉了多少东西，真是数不胜数：游戏机、MP3、钟表、照相机、报纸、电视、日记、词典，还有地图……

用智能手机可以做的事情太多了，这其中令我们的生活改变最大的便是SNS了。如果说前面提到的那些功能令我们的生活更为"便利"了，那么SNS就是令我们的生活发生了质的"变化"。为何唯独SNS的影响力如此强大？是因为它和人与人之间的"关系"有关。

真的很了不起，通过这么一丁点儿大的小机器竟可以和地球另一端的人实时通话！当我们吃到美味的食物，看到神奇的场面，遇到有名的人士，都会拿出智能手机拍照上传到 SNS，然后等着朋友们"点赞"。咖啡店里，约会的情侣面对面坐着，却各自埋头摆弄着手机，这景象已司空见惯了。

我们为何深陷 SNS 而不能自拔呢？为什么会对自己上传的东西的"浏览量"和"点赞数"如此敏感呢？其实答案很简单，因为想得到别人的认同。

人们对认同的欲求是出于本能的。哲学家黑格尔认为，对认同的欲求和吃、睡等一样强烈。所以，如果没能得到别人的认同，谁都会痛苦。同时，社会的认可也是一个人的基本需求。所以为了获得肯定，人们拼得你死我活，这就是所谓的"认同斗争"。

就算不需要这么难，简单点儿说，我们省着饭钱，用攒到的钱买名贵品牌的商品，实在不行也得买个"山寨货"，追根究底是因为想得到别人的认同。

打扮自己，想上名牌大学或进入大公司工作，想留下不凡的艺术作品……这些都是源于想获得别人认同的那种欲望。

是的，对认同的欲望是驱动人类前行的核心动力之一。如果恰到好处地灵活运用这种欲望，我们便会成长。最近，SNS 俨然成为满足人们认同欲望的新工具。反正是要得到认同，线上还是线下有什么关系呢？而且，线上还更容易。

那这样岂不是更好？实则不然，就是因为太"轻易"了，反而是个问题。

通过SNS满足个人的认同欲望，就好比在饥肠辘辘的下午用垃圾食品充饥。那些食品里有着大量的人造调料，令人上瘾，但除了高热量外并没有什么营养。就像躺在沙发上上瘾似的吃薯片，在SNS上，我们不需要什么努力就可以获得别人的认同。但那种认同来得容易，去得也容易。

因此，有人开玩笑说SNS是"时间浪费系统"（按韩语发音）的缩略语。英国曼联队的传奇教练弗格森说过，"SNS是浪费人生"。

比起浪费时间，更严重的问题是，认同感作为人类进步最重要的动力之一，却以廉价的方式填补着大家的心理空间，而没有用在真正有价值的地方。这样获得的认同，我认为是虚假的认同。

好不容易得到的奢侈品，摆放漂亮的美食，别人轻易去不了的地方……展示这些能够轻易满足我们的认同欲望，却浪费了成长所需的时间，反而将我们的生活引向"精神高度肥胖"的深渊。

如此得到的在SNS上的认同，似乎并不能让人幸福。

美国宾夕法尼亚大学有"penn face"这个词，意思是即使辛苦、悲伤，也强装幸福和充满自信。斯坦福大学还提出了"鸭子综合征"（Duck Syndrome）这一用语，比喻那些表面上优雅、游刃有余，实际上内心在艰苦挣扎的学生，就像在水下不停地划着脚掌的鸭子一样。

《纽约时报》曾报道过，美国名校的学生中，"没有一个学生想把自己艰辛的一面展示给那些活得从容的朋友。无论多么辛苦、多么绝望，他们都会把自己积极的一面展示给别人"。

问题就出在这里：大家即使感受到了这种不安，也不会吐露自己的苦恼以获得安慰，而依然竭尽全力地去展示自己好的一面。而这种现象会使"只有我不幸福，只有我不如别人"这样的不安最大化。

"美好的生活总是在别处"，这种错觉会因为社交媒体而被放大。《纽约时报》分析称，这是因为社交媒体展示的仅是被选择的某些场景，而不是人生的全部。

康奈尔大学咨询中心主任格里高利·艾尔斯（Gregory Els）称："社交媒体是令学生们认为'其他朋友都活得轻松、幸福'的主要原因。"即虽然社交媒体上展示的与现实可能截然不同，但是人们就是会觉得别人的生活更精彩。

将超出自己本来面貌的样子展示给自己和别人时，不幸便随之而来：展示给自己，这是虚荣；展示给别人，那是傲慢。为了成为更好的自己而做出努力，与展示超出实际的自己有着天壤之别。为了成为更好的自己而做的努力，会唤起谦逊，而为了展示超出实际的自己而煞费苦心，会招致不安——那种"不知道什么时候就会露馅儿"的不安。

这样看来，将自己生活中最精彩的一面上传到 SNS 的"含蓄的炫耀"，就像在"展示给别人的自己"和"真正的自己"之间走钢丝的危险杂技：钢丝之上的人，无法摆脱"不知何时会从钢丝上掉落"的恐惧；钢丝之下的人，无法挣脱"想爬到别人的视线之上"的渴望。真是危险又凄凉。

在这个智能的时代，我们无法完全隔绝社交网络而活。问题是，我们如何智慧地利用它将人生变得更加幸福。我们不能忘记，在各自的人生中应该获得真正的认同并成长。

你人生中需要得到的真正的认同并不存在于手机中。能告诉你济州岛美食店的线上朋友有一万多个，而现实生活中能真正借给你肩膀、彻夜聆听你的苦恼的朋友如果一个都没有的话，那再多的"点赞数"也是毫无意义的。

你要走下去的、要去施展可能性的世界远比智能手机更宽、更广。从人生中获取认同吧，而不是在社交网络上。

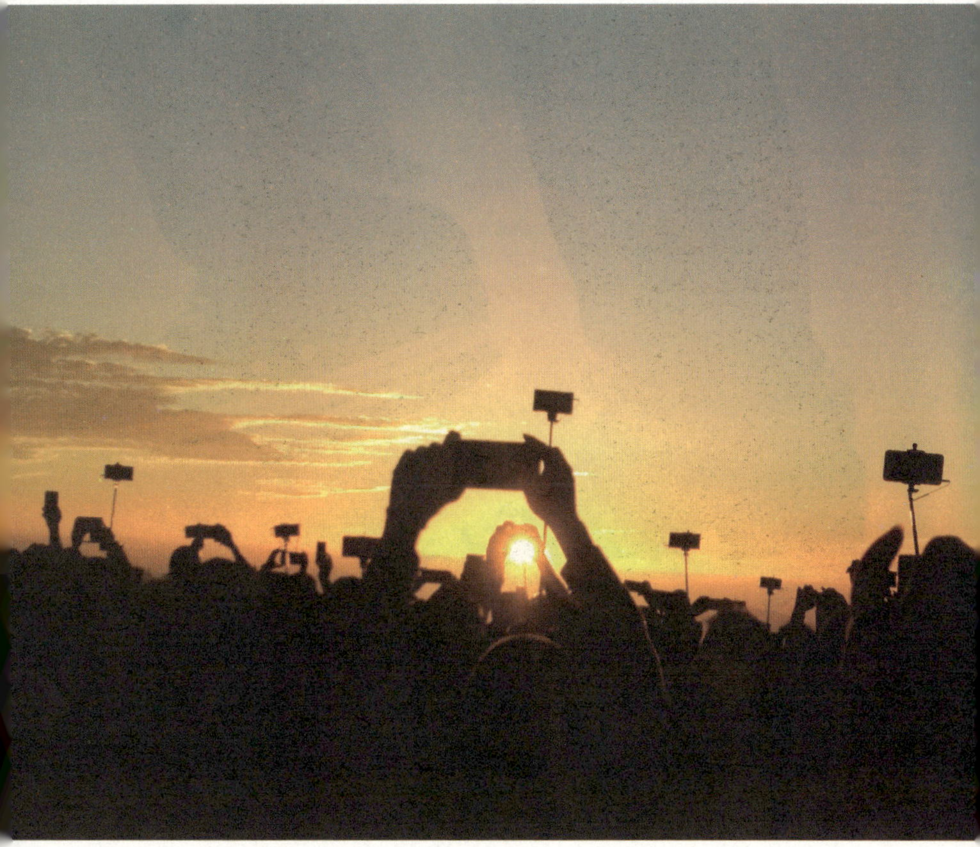

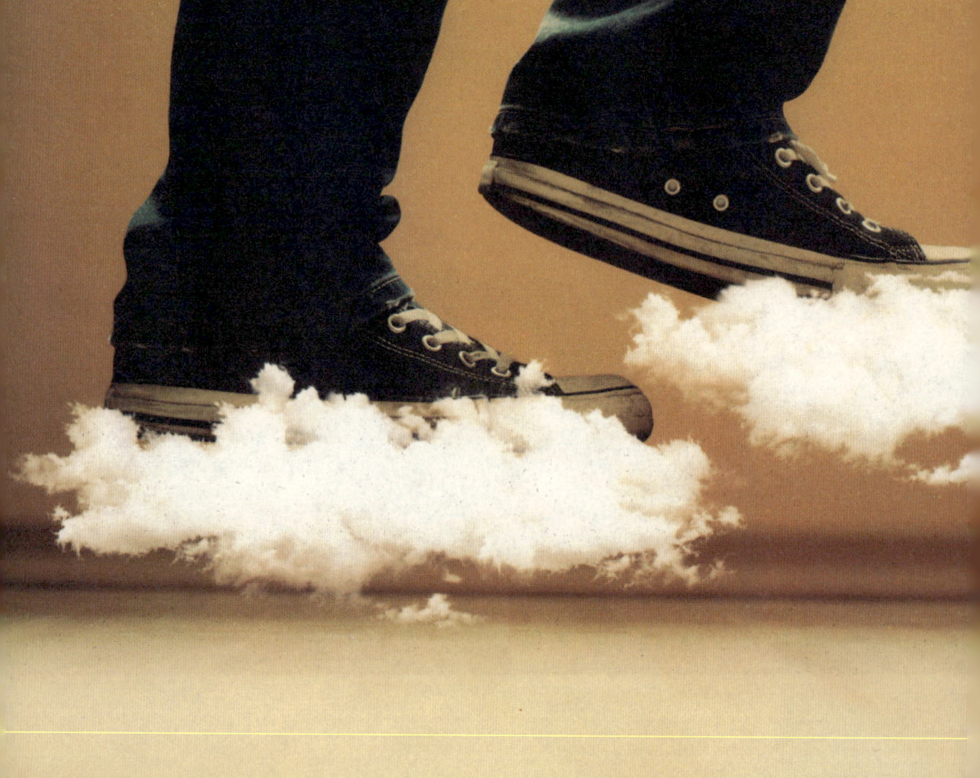

将超出自己本来面貌的样子
展示给自己和别人时,
不幸便随之而来。
为了成为更好的自己而做出努力,
与展示超出实际的自己有着天壤之别。
为了成为更好的自己而做的努力,
会唤起谦逊,
而为了展示超出实际的自己而煞费苦心,
会招致不安——
那种"不知道什么时候就会露馅儿"的不安。

## 比成就更重要的是人格

近来，世界女子职业高尔夫赛场几乎成了韩国选手的天下。在外国选手曾一统天下的职业赛事中，韩国选手频频获胜。

之前，有人曾对活跃在美国 LPGA 锦标赛赛场上的 22 名韩国选手做过一项问卷调查，问题是："你最崇拜的榜样是谁？"

第一名是谁呢？是高尔夫球之王泰格·伍兹还是"高球女皇"安妮卡·索伦斯坦？

调查结果压倒性的第一名是朱莉·英科斯特。如果不是铁杆高尔夫球迷，应该对这个名字很陌生。2015 年，55 岁的英科斯特也参加了巡回赛。婚后养育着两个女儿，还取得了包括 4 次职业赛事冠军在内的共 16 次胜利。跟其他结婚生子后成绩下滑的选手不同，英科斯特反而取得了更好的成绩。

泰格·伍兹因为婚外情和离婚丑闻加上负伤等而坠入"万丈深渊"。"高球女皇"安妮卡·索伦斯坦结婚生子后再没有获得过冠军。

参与问卷调查的选手张廷恩说："从我小时候起，英科斯特就是我生活的一部分，是我的英雄。我也想成为像她那样的妈妈。我不认为她已经老了，她仍旧是很强、很出色的选手兼妈妈。"

朱莉·英科斯特在成为一个光荣的冠军前，首先她是一个好妈妈，过着了不起的生活。当然，像她那样既取得了运动员的成就，又能把普通人的人生过得有声有色并不容易。

年轻选手中把胜利看得比人生重要的人很多。因为他们认为，只要获胜，富贵和名誉就会随之而来。这样的话，自然就会过上非凡的人生……但是很可惜，貌似胜利的光荣并不能延续到像奖杯一样发光的人生中。

人气体育明星家庭不和、生意失败，甚至被牵涉到赌博或犯罪而令粉丝们大失所望，这种事情还少吗？

运动员的生活并不是只有艰辛，也有很多人在退役后重返体坛继续培养有能力的新人选手，或者做自己的生意，而且取得了成功，又或者成为体育协会的"行政家"，延续着自己的运动生涯。

当然，隐退后的生活不仅仅是运动员的课题，也是我们所有人的课题。

之前，我曾在中国北京做过演讲。紧接着我的下一个演讲人是杨扬，也就是我们在短道速滑中经常听到的"大杨扬"。在运动员时期备受喜爱的杨扬那时已经是国际奥委会的委员了。

在休息室里，我们简短地交谈了一下。她不但有着运动员的高挑风采，而且还有着非常优秀的为他人着想的人品和教养。看着她，我不禁想到自己鼎盛期过后将要过的退休生活的情景。

那么，决定着退役后生活的要素是什么呢？不单单是运动员时期取得的优异成绩。每个人具备的人品和智慧令各自的人生都有所不同。

运动员们都是终生坚持艰苦训练、进行严格自我管理的诚实的人，他们拥有更多成功的基因。这样的资质再加上人品和智慧，退役后的生活成功的可能性很大。

有的运动员在退役后生活不易，究其原因，在于锻炼人品和智慧的机会并不多。于是，他们还会发牢骚，说："还以为只要好好运动就可以了……"

人们总是倾向于认为人品和智慧是天生的，或者经过社会生活就可以自觉领悟到的，实则不然。人品和智慧是需要学习的，而且从小时候便开始了。但是，韩国的体育培训文化往往将正规的课程和社交关系全部隔绝，只专注于训练和取得的成绩。

对于从小就开始运动的选手们，我们应该义务性地为他们打造能够在教室里、在社会上培养人品和智慧的机会。

号称"围棋世界杯"的应氏杯世界职业围棋锦标赛的第一届冠军曹薰铉，是一个刚满四周岁就可以支着儿的神童。

他十岁时就开启了围棋的留学之旅，成为日本近代屈指可数的围棋大家濑越宪作的最后一个"内弟子"（生活起居和学棋都在师父家里）。

据说，濑越老先生非常疼惜自己的这位关门弟子。曹薰铉因为服兵役返回韩国，四个月后，濑越宪作自杀了，还留下了遗书。遗书中说"希望能把回到韩国的曹薰铉重新带回日本，让他大有作为"。

下面是棋手曹薰铉的一段采访内容。

> 比起围棋，我更学会了调整心态。师父曾对我说，"在成为高手之前，首先要成为一个人"。而且他经常对我讲，

要成为一个人，就要具备高尚的人格、人品。师父自己曾经就因为赌棋而差点儿被逐出师门。

师父一直讲"要成为一个人"，小时候的我心里还想："我当然是人了，难不成还是牲畜？"但是随着年龄的增长，我明白了师父的意思。

我见过好多因耍小聪明而陨落的职业棋手。实力再怎么强，如果没有能够承受巅峰之重的人品，即使暂时攀登上去了，也会很快跌落下来。

我们在武侠电影中可以看到很多类似的场景。拜高人为师学武，但是一开始并没学什么功夫，而是数年间一直干着各种杂活儿，听着师父"首先要做人"的教导。

我一直以为这只不过是为了渲染训练之残酷的套路罢了，但是听了曹薰铉的话，我才依稀明白了它的真谛。就像曹薰铉所说的，"如果没有能够承受巅峰之重的人品，即使暂时攀登上去了，也会很快跌落下来"。之后，哪怕作为一个普通人，其生活也同样会变得艰辛。

为了成为某个领域的专家而从小就一路坚持的人，还有在学校、公司为了登上顶峰而奋斗的我们，都应该记住：争取第一可能是我们现在的目标，但这并不是全部，在那之后还有更长时间的"人生"在等着我们。培养人品和智慧这门功课,仍旧摆在我们的面前。

不要忘记,比起胜利,人生更重要。

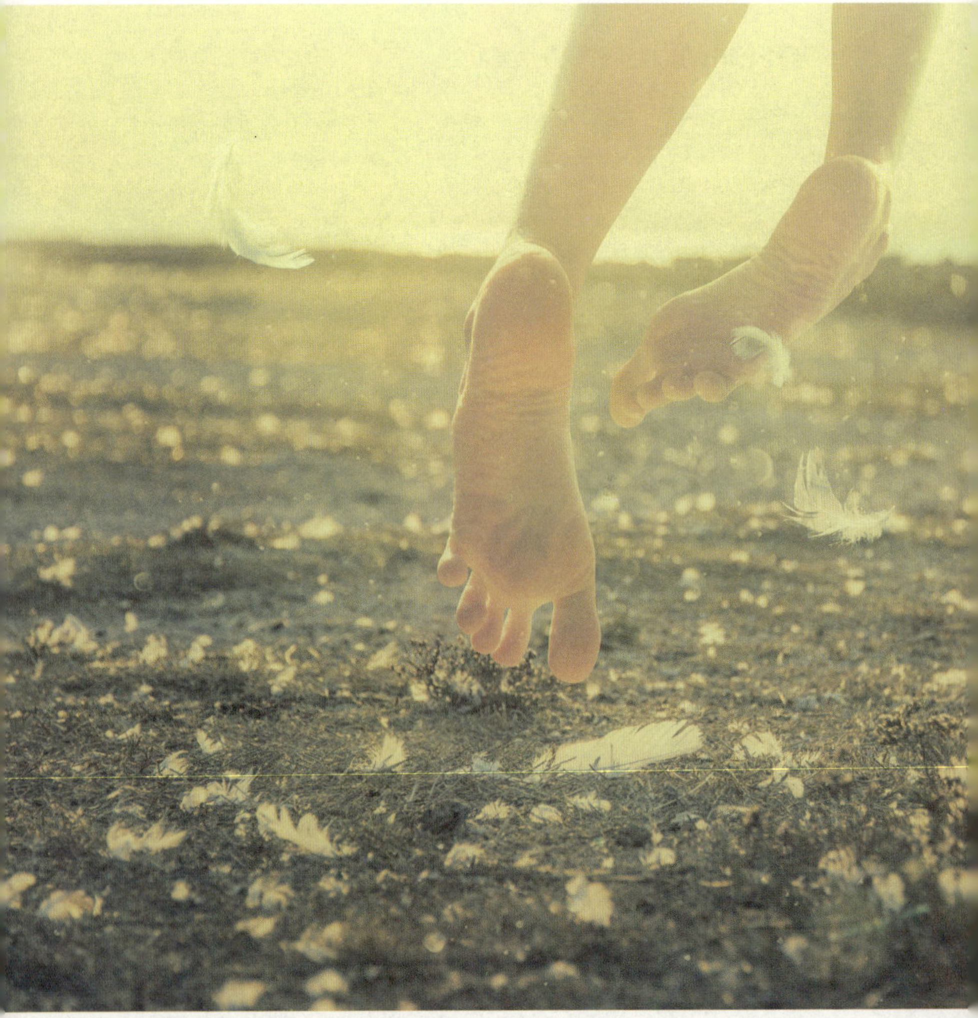

为了成为某个领域的专家
而从小就一路坚持的人,
还有在学校、公司为了登上顶峰
而奋斗的我们,都应该记住:

不要忘记,比起胜利,人生更重要。

# 当下或许是"最坏的时代",
# 而你就是希望

*本文为首尔大学开学典礼致辞。*

大家好!我是生活科学院消费者儿童系的教授金兰都。作为一名普通教授,能够在这么重要的场合致辞,我真的深感荣幸。非常感谢校长和前辈教授们给我这次机会。

我出生于1963年3月2日。

3月2日,没错,今天是我的生日。

小时候,我很不喜欢自己的生日。因为生日这天正好是新学期开始的日子,我都没有好好地过过一次生日。但是现在,我非常喜欢今天这个日子。如果可以从一年365天中任选一天作为生日,我会毫不犹豫地选3月2日,因为我是老师。在自己生日的早上,全国的学生都整齐划一地开始新的学年,对老师来说,还有比这更合适的生日吗?我虽然不信生辰八字之类的,但是还是觉得就像我的生日一样,我是天生当老师的命。我觉得我的职业是天职,所以我很幸福。

今天,我作为即将教大家的老师,向大家表示祝贺,并要叮嘱大家一番。

在过去的53次生日中,我最幸福的那次是1982年的今天,也是我考上首尔大学并参加开学典礼的日子。那时是在下面的操场上举行的开学典礼,天气非常冷。虽然寒风刺骨,但是我的内心是滚烫的。看着母亲比我还要兴奋的表情,我心想一定要一辈子都孝敬她老人家。仅凭这一点,当时我就很开心了。

大家也是一样的。一会儿开学典礼结束后,请一定对坐在后面的爸爸妈妈真心地说声"谢谢",因为也许以后并没有那么多机会这么做了。

事实上,我们当时的大学生活是十分艰苦的。国家没能摆脱那令人腻烦的贫穷,对露出一丝希望之光的民主主义的期待也被军队残酷地践踏了。在令人担忧的现实面前,对当时的大学生来说,梦想自己的未来已不仅仅是一种奢侈,借用思想家汉娜·阿伦特的话来说,是一种纯粹的、毫无理由的犯罪。我们度过了一个比大家想象的还要严酷和凄惨的时期。

即使那样，我们那个年代也许比现在还幸福，因为机会很多。毕业后，不管去哪儿，工作都可以选。不管是哪个领域，只要稍加把劲儿专心研究下去，也会得到"专家"的美誉。当然，不是因为我们那一代更聪明或者更努力，而是时代的幸运。20世纪60年代，我们的人均国民收入还不足100美元，而现在人均收入逼近3万美元。我们那一代人，在檀君建国以来国家发展最快的30年里度过了青春时期。

都说现在韩国的年青一代很不易，找工作难，结婚难，买房子难，即使他们是有史以来资源最好的一代。当然，这是因为时代的变化，韩国已经不能像以前那样高速发展了，正从成长的时代进入停滞的时代。随着经济和人口结构的变化，机会也正在逐渐消失。

但是，令我们遭受挫折的不仅仅是经济增长率的下降和失业率的上升。经济可能会时好时坏，在那个比现在还要艰难的时期，只能靠全国国民捐助才能帮助国家渡过危难，梦想着东山再起。

现在，真正令我们感到艰难的是看不到希望。在经济停滞也许会永久持续下去的忧虑中，国家摆脱困境的能力逐渐丧失，正是这种绝望让我们的处境更艰难。

曾经的热播电视剧《未生》中有"事业游戏"这样的话。意思是，并不是真正地要解决问题，而只是假装很努力。但是，貌似这种"游戏"不仅仅只存在于电视剧中。

那些政客口头上说着担心国家不团结，而实际上为了自己再次当选将国民分割成不同的理念、不同的地区，玩着这种利用矛盾的"党派游戏"；官僚们口头上说着是为了公益，而实际上为了扩大自己的预算和影响力，将国家体系推向低效的困境，玩着这种"管制游戏"；大企业家口头上说着为国家经济做贡献，而实际上大打价格战、抢人夺技术等，进行着各种不公平的商业惯性行为，玩着这种搞荒市场的"蛮横游戏"；一部分雇主利用就业难这一情况，用"热情工资"（低酬劳）掠夺青年就业人员的劳动成果，玩着这种"榨取游戏"……包括我在内的教授们，面对这些现实问题却袖手旁观，玩着只顾自己研究业绩的"论文游戏"。一国之内，任何地方都很难找到能化解这种动弹不得的胶着状态的领导力。

新生同学们，很抱歉在这么美好的日子里说这些令人郁闷的话。我在准备今天的祝词的时候，很苦恼地想了又想，应该为即将开启大学生活的各位做什么样美好的祝词才好。

深思熟虑之后，我觉得比起那些顺耳的美言，我应该坦率地跟大家谈谈今后你们会遭遇到的严酷的挑战，叮嘱大家奋发向上。今天对我来说可能是此生绝无仅有的宝贵机会，如果随便说些笼统的致辞，那这个机会就太可惜了。我想给大家一些一针见血的启发，因为这也是为人师表该做的。

现在,大家要克服的有两个挑战课题:一个是国家之内的挑战,另一个是国家之外的挑战。

我们首先看一下国内情况,最令人担忧的是"时代利己主义"。电影《国际市场》里有这样的台词:"幸亏是我们经受了这艰辛世间的煎熬,而不是我们的子女们。"但是,当现在的老一辈最终回首、审视今天的时候,也能说出这样的话吗?看看当前的经济、雇用和福利,真的担心甚至可能会出现这样的话:"我们的子女们经受了这残酷的煎熬,而不是我们,真的是万幸。"

有"noblesse oblige"一词,我想大家也都知道,是"位高则任重"的意思。我想现在我们最需要的,借用某位媒体人的话来说,应该就是"senior oblige",即"年长则任重"吧。

年青一代根本就不是年长一代的竞争对手,老一辈所掌握和拥有的政治、经济、社会方面的资源和信息以及人脉,与年青一代的不是一个档次,所以老一辈应该对年青一代做出一定程度的让步。因为年青一代不仅仅是竞争的对象,还背负着国家的未来,是带领国家前进的希望之光。

不对年青一代投资、让步,不照顾他们的稚嫩,社会就没有明天。青年们是我们的未来。

国家之外对我们的挑战更为严峻。去年夏天，我为了研究，频繁地访问了日本。每次去东京的时候都会遇到"嫌韩示威"。无论是地铁里的杂志广告还是新闻，相当一部分都是贬低韩国的内容。即便如此，再次申奥成功的日本正忙碌地为奥运做着准备，迎接新的挑战。

去年冬天，我还去过一趟中国，每次去都有令人惊讶的变化。不知不觉间，他们已经超越了我们。很多人对中国有所误解，这真的是一个非常错误的想法。中国外汇储备以压倒性的优势位居世界第一，是一个凭借着自己的技术建立起了宇宙空间站，制造出了航空母舰、飞机、高速铁路的了不起的国家。更令人惊讶的是，这样的中国，今后还会在相当长的一段时间内保持着高速发展。

在中国，最令我惊讶的是和大家同龄的年轻人的热情。被称为"90后"的、出生于20世纪90年代的年轻人，正彻夜奋斗着，满腔热情地挑战着，梦想着成为第二个马云、第二个雷军。中国的大学生们真的在非常用功地学习。十几个学生"蜗居"在30平方米左右的小房子里，天一亮就冲到图书馆，学习一整天才回来。

曾侵略过我们、将我们变为殖民地的国家，对我们的憎恶与日俱增；与我们隔海相望的国家，瞬间跃为世界强国。愚者向经验学习，智者向历史学习。我们重新站在了历史的转折点上。最后，我把希望寄托于大家。

我恳切地希望，自檀君建国以来最具实力和资历的年青一代能够成长为世界性的优秀人才，赋予这个陷入泥沼的国家新的动力。

请努力学习吧！回想我的大学时期，虽然后悔的事情很多，但是最令我惋惜的还是没有竭尽全力地学习这件事。不是为了文凭，而是为了获得智慧；不是为了好的工作，而是为了国家的未来。请不遗余力地学习吧！

讲到这里，是时候说说集体的利益了。不是只考虑自己的利益，而是关于大家共同成长的集体的责任和利他精神，希望大家在这个校园里努力学习这些。怀抱着以集体为先的"善"，尽情地燃烧自己的热情的时候，就会找到与人类、与国家、与学校以及与大家自身的成长相互衔接的交叉点，并灿然绽放。

各位同学！

世上最高的山是海拔 8848 米的珠穆朗玛峰。在这里，我要问大家一个问题：你们知道珠穆朗玛峰为什么是世上最高的山吗？

答案是它位于喜马拉雅山脉。是的，珠穆朗玛峰之所以是世上最高的山，是因为它位于世上最高的喜马拉雅山脉之上。如果珠穆朗玛峰孤零零地矗立于大海中，就算再高，也不过是汉拿山或富士山的高度。但是，珠穆朗玛峰与有着"世界屋脊"之称的青藏高原的众多高峰并肩而立。在这些崇山峻岭间，只要再高出一点点，就可以成为世界最高峰。

所以，首先，让我们一起把我们的国家、我们的学校打造成喜马拉雅山脉吧！想在大海上独自显高是不行的。不应该只为自己着想，而是也要为和我们并肩前进的社会弱者、我们这个集体着想，应该成长为这样善良、有责任感的人才。

想想因为坐在这里的你们而落榜的其他人吧。你们不是胜利者，而是债务人。以善良和责任感为本，将我们的集体打造成像喜马拉雅山脉一样后，如果自己能够有进一步的成长，那时你便是世上最高的山。

我亲爱的学生们，
请变得善良吧！请成长起来吧！
你们就是希望！

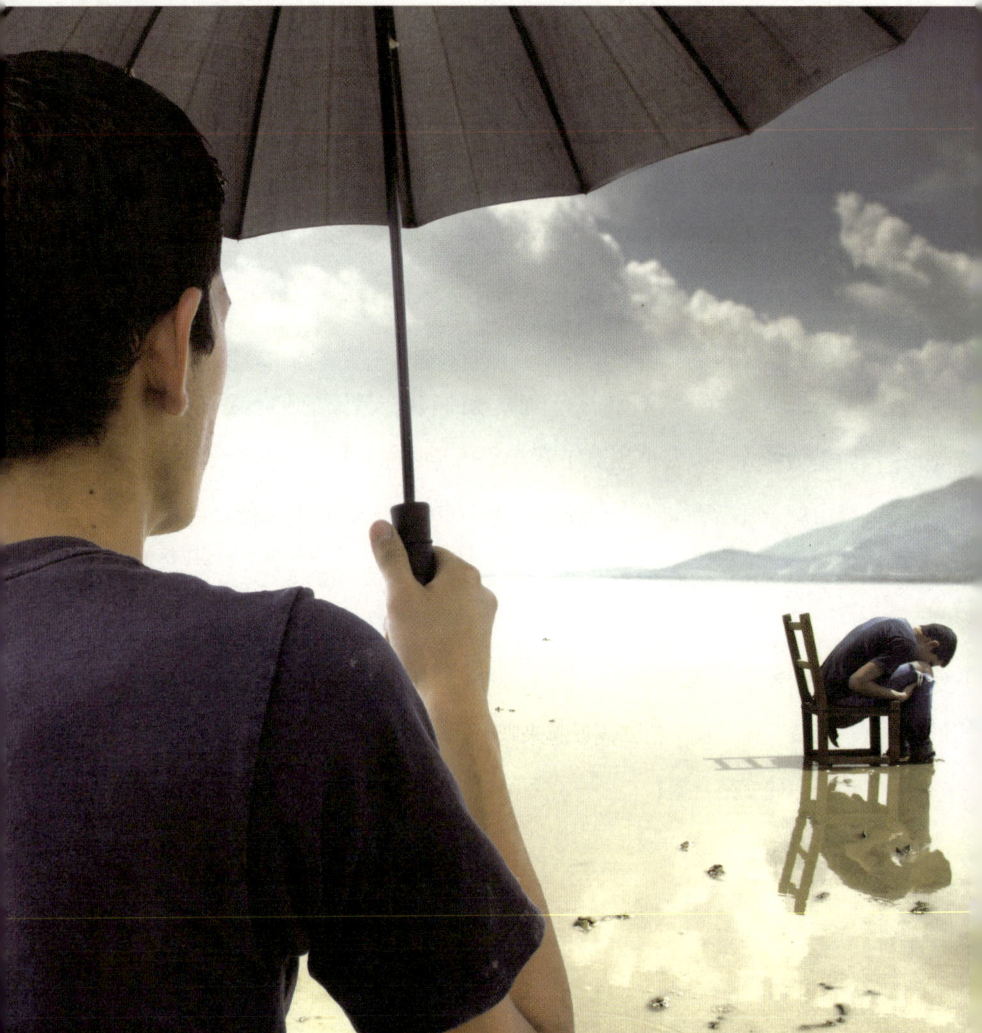

想想因为坐在这里的你们
而落榜的其他人吧。
你们不是胜利者,
而是债务人。

请变得善良吧!
请成长起来吧!
你们就是希望!

## 如果我对自己的孩子
## 只能有一种期待

回顾我的青少年时期,如果让我选一件最后悔的事,那绝对是"没能多读一些好书"。虽说当了教授之后,读的书相对多了,也坚持不懈地写作,但是坦白地说,我仍旧感到自己不够有智慧。究其原因,还是在于青少年时期读书太少。

啊,如果那时再多读一些好书的话……

那时没能读的书现在也可以读,但是就算读同一本书,在好奇心强、感性和价值观逐渐形成的敏感时期才能享受到的喜悦,与中年之后的感悟是截然不同的。小时候,如果再多读一些书的话,现在的我会更加有智慧和富足。

韩国学生的学习量全世界闻名,但是阅读量却少得可怜。为了准备高考没有时间读书只是表面上的借口,整天埋头于教科书和辅导书的学生们,就算在休息时间也不会想读书。我也是曾经因为高考学习，对书可谓是腻烦至极。后来，因为有了电脑和智能手机，上面有更刺激、有意思的东西，一天24小时都不离手，读书就变得更加遥远了。

我是研究流行趋势的。随着技术的发展，新事物出现，旧事物消失，这种新旧更替的现象我见得太多了。对人们强调不要对破灭的过去恋恋不舍，而要积极地接受不可避免的变化是我的使命。我先前提到过，20世纪80年代的年轻人的必备单品"随身听"，在MP3播放器出现后消失得无影无踪。没过几年，MP3播放器又被智能手机挤出了历史舞台。这样的事情岂止一两件？！

那书又是怎样的呢？在这个各种知识存在于假想空间之中，只要轻轻点击几下就可以尽情浏览的社会，又贵又重又不方便的纸质书也该消亡吗？要我先说结论的话，那就是"并非如此"。

随着时代的发展，书的价值将变得更为宝贵。因为在这个谁都可以随时随地获得零散信息的社会，比信息本身更重要的是能够编织、整合并贯穿信息的智慧。而能够培养这种智慧的工具，还没有什么能与书相匹敌。

**比哈佛大学毕业证更宝贵的是阅读习惯。**

创立了微软、引领世界走入数字时代的比尔·盖茨,虽然大学中途退学了,却是个整天夹着书本的书呆子。他说培养自己的不是哈佛大学,而是小区的图书馆。

被称为"日本 IT 业皇帝"的软银集团董事长孙正义也是如此。他说,自己年轻时被诊断为慢性肝炎,所剩时日不多,在三年多的住院时间里所读的书养活了日后的自己。

是不是很精彩的悖论?东西方数字帝国的"皇帝"无一例外地都在赞颂着书!其实,这不是悖论,而是必然。电子媒体的文字令读它的人兴奋,心随时都可以跨越一个主题飞向另一个主题。但是,纸质书令读它的人专注,专注于一个主题,直到从中找到结果。所以,在未来的数字社会,比以往任何时候都更需要读书的能力,即专注的力量左右着成功。

在数字技术扩散的时期,机会因数字鸿沟(digital divide)而增加,但是当发展接近尾声时,更多的机会反而会向着模拟鸿沟(analogue divide)回流,即看你能够多熟练地使用书那样的传统媒体。换句话说,在未来社会,如果其他条件都固定,那么越是近距离接触书的人,成功的概率就越大。越是数字时代,越是应该与模拟媒体(analogue media)亲近。

### 要怎么做才能读懂流行趋势?

每当有人这样问我时,我都会给出相同的回答:"认真看报纸。"即使如此,能够真正做到的年轻人好像也并不多。我觉得这是因为他们并不熟悉报纸这个接口(interface)。这里所说的"接口",是指媒体与人之间的感应交流方式。书也是如此,安静地坐着逐字逐句地看,这种"静"的行为与眼下这个"动"的、迅速变化的时代似乎不搭调。

正因如此,越是数字时代,阅读指导的意义就越为重要。小时候不拉近与书的距离,终生都很难与书亲近。那么,应该怎么做才能让我们的孩子感受到读书的快乐呢?

首先,让孩子自己决定读什么书。像什么《为论述考试而备的必读书》《青少年世界文学全集》之类的还是不要让孩子读了。就算勉强让孩子读了,还写了读后感、参加了考试,如果不是孩子自己发自内心地想读,那种读书就摆脱不了局限性。

和孩子一起去书店,看看孩子都伸手去拿哪些书吧!

一旦定下了读书的目标,孩子就会疏远书。不要让孩子"因为某种目的"而读书。读书分"目的性读书"和"闲暇式读书",前者是为了获得知识、技能等,后者是为了消遣和趣味。现在,孩子们的目的性读书已经泛滥了,而读书的真正乐趣存在于毫无目的随手拿起的书中。

韩国是个以早期教育闻名的国家，但是过早地接触难的书并不好。正所谓"过犹不及"，我们不要做揠苗助长的农夫。比起早早开始，以后做得好更重要。孩子小时候因为怕父母，所以可能会硬着头皮读下去，但是到了父母管不了的时候，孩子可能就会想"终于解脱了"，于是对书再也不想看一眼。

自从韩国高考有了"论述"考试一项后，出现了好多将古典文学和成年人看的图书改编成青少年用的图书的现象，其实这一点儿也不好。古典文学之所以备受世人赞颂，是因为它对人的本质进行了生动的描写和富有深度的考察。但是，被改编成青少年版的古典文学，原著中那种恰到好处的对性的刻画以及书中那些青少年理解起来很难的矛盾等内容都被删除或改动了，而这些正是古典的精华所在。

将古典的精粹删除了，做成"简读版"让青少年来读，这无异于吃没有炸酱的炸酱面。所以，让孩子读符合孩子水平的、未进行缩改的古典原著才是最好的。

作为一名老师，我认为孩子们看电视、玩电脑游戏以及使用智能手机都需要有个度。不管是自律也好，还是监护人或老师进行指导也好，都需要进行限制，不能妨碍到学习。这些东西在孩子们正值身心快速发展时期夺走了孩子们过多的时间和能量。让我们给孩子制造一些"空白时间"吧。在这个时间段里，如果能读读书，那再好不过了；如果不能，哪怕就让孩子无聊地坐着也可以。

无聊的时间也是重要的时间，因为可以窥视自己的内心。说不定实在无聊至极的时候，还会翻翻书看呢！在这样的时间里，如果父母能够陪着一起读书，那就更是锦上添花了。

都说教育孩子是世上最难的事，如果能按父母所愿让孩子学习，那岂不全是全校第一名？即便如此，如果仍不放弃希望的话，我认为应该在读书教育上下功夫。因为上学的时候成绩好的孩子是孝子，但是步入社会后，高素质的子女才会发光、发亮，而培养这种素质的唯一之路存在于书中。

如果说我对自己的孩子只能有一种期待，比起优异的成绩，我会选良好的阅读习惯。

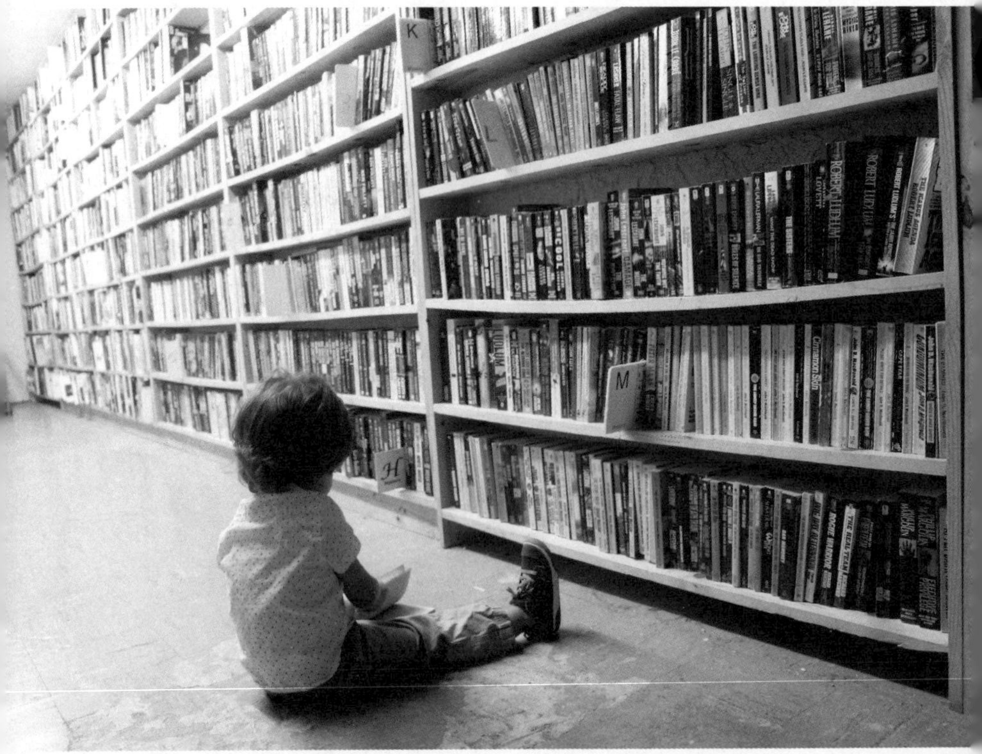

比起早早开始，
以后做得更好重要。

让我们给孩子制造一些"空白时间"吧。
无聊的时间也是重要的时间，
因为可以窥视自己的内心。

如果说我对自己的孩子只能有一种期待，
比起优异的成绩，
我会选良好的阅读习惯。

## 也许你能够改变这个
## 国家的未来

———————

1987 年的冬天，我一生都不会忘记。那时，我 25 岁，备考期末考试后回到家中。父亲不在家，住院了。我从震惊中缓过来，立马跑到医院，家人们正在等着检查结果。几天后，检查结果出来了，是肺癌四期，说很难撑过六个月（实际上，父亲五个月后去世了）。而在那之前，父亲几乎连感冒都没怎么得过，看起来很健康，所以那种打击对我来说更加沉重。

在几乎无法承受的绝望中，我和母亲开始照顾起了父亲。

那年冬天有总统选举。那是自 1972 年所谓的"十月维新"后第一次以国民直接投票进行的总统选举，因此全国上下都非常关注。连日来，媒体都争先进行报道，大街上也举行着大大小小的集会。但是对我来说，那都不过是病房窗外刺耳的噪声罢了。选举的热潮逐渐高涨，而父亲却逐渐冰冷。

选举当天早上，一直只是躺在病床上眨眼睛的父亲，使出好大的力气说了一句话："我要去投票。"我和母亲都吓了一跳，说绝对不行。因为以父亲那身子，是经不起冬天的大寒风吹的。医生也说不行，但是谁也没拗过固执的父亲。那天下午的大风尤其刺骨，父亲穿着外套，被毛毯裹得严严实实的，在我的陪同下去了投票站。

从投票站出来的时候，我问父亲投了谁。我真的很好奇，父亲费这么大劲儿非得去投的一票，到底投给了谁。但是父亲微微一笑，说："秘密！"也许那微笑，不是因为他支持了谁，而是因为能够参与到选举当中。我到现在都不知道当时父亲到底投了谁，但是我记得那是父亲最后的"社会活动"。

陪父亲去的时候，我也顺便投了票。很惭愧地说，其实直到那之前，我都没把选举当回事儿。因为我觉得自己的这一票只是几千万张选票中的一票而已，投与不投都不会改变什么。

如果与朋友约好了去哪儿玩的话，我还会满不在乎地弃权跑去玩，没准儿还庆幸又多了一天可以休息的法定假日。但是，当我搀扶着呼吸都很困难、硬是拖着疼痛的身体去投票站的父亲时，我才明白，选举并不是单纯的"随便给某个候选人投上一票"的行为，它的意义远远超出了这些。那是什么呢？是作为这个社会的选民而活的尊严。

现在的世道很难，不但经济情况恶劣，而且到处充斥着令人压抑的事情。尤其是每当听到通过选举选出的公职人员收受高额贿赂的消息时，我就会想：难道抽出宝贵的时间去投票，就是为了选出这样的一些人？真的令人愤怒而寒心。

对年轻人来说，情况更糟糕。社会要求年轻人付出珍贵的努力，然而即便努力，机会也越来越少。"要关怀青年"之类的话铺天盖地，而实际上施行的雇用、福利、年金等法律和政策却造成未来一代的牺牲。当然，随着社会高龄化，有些政策是必要的。但是，和高龄化问题一样，青年的问题也很严重，而政策性的平衡好像并没有恰当地协调好。

哪怕是想稍微改善一下这种境况，我们应该做些什么呢？我想你也会轻易想到答案的。那就是更加关注社会问题，更积极地参与其中。

当然，社会问题如山，而我们能改变的事情却寥寥无几，所以我们徒增悲伤，压抑不已。在生活中，能减少这种虚脱感、给我们带来短暂快乐的事情随处可见，艺人八卦、体育明星的战绩、购物、旅行……虽然改善公共议题近乎不可能，但至少提高自己的资历还是有可能的。正因为我们像一盘散沙，只顾埋头于自己的事，那些被称为"公务员"的人才能更加轻而易举地收黑钱、制定出不着边际的政策。

可见，关注与参与很重要。而这其中最为简单也最重要的第一步，便是参与选举。也许我的一票微不足道，但是聚集起来便是力量——改变社会的巨大力量。

所以，首先请前往投票站吧！就算没有想支持的候选人，比起完全不参与投票，投上无效票也更有意义。选民还是应该走进投票站，为自己觉得最适合的候选人投上一票。应该给谁盖下红色的圈圈呢？这一时刻非常重要。

事实上，韩国的政治走到这个地步，在很大程度上是因为国家落后的政治文化和制度。但是，作为选民的我们似乎也有着2%的责任。因为很多人都有出于地区或个人的缘故而投票的倾向，部分当选者忽视自己所在地区选民的意愿而服从推荐自己的政党或为自己游说宣传的利益集团的情况很多。

**在所有民主主义国家，国民都会拥有与自己的水准相匹配的政府。**

这是法国政治思想家亚历西斯·德·托克维尔说过的话。要想有更好的政府和官员,我们就应该更客观地投票。我把希望寄托于人缘、地缘、学缘等都比老一辈更加自由的年青一代。当年轻的选民们可以自由地为真正担忧国家未来的候选人投票的时候,国家也将会开始改变。虽然还很遥远,但这是不可或缺的第一步。

亲爱的年轻选民们,特别是迎来"成年礼"、第一次具备选举权的新人选民们,首先我祝贺大家成年!

你们也在期待着亲吻、香水,还有玫瑰花吗?不管能不能收到这样的礼物,都希望你们能度过一个愉快的成年之日。虽然很多人都说"还是小时候好",但其实成年之后也会有很多美好的事情。

成年之后比收到的花更美好的事情之一,就是可以在投票中投上"一票"。你或许会觉得这话莫名其妙,可能会觉得好不容易迎来的休息日却要去投票,真的很烦。

选举绝对不是很烦、没有意义的事。现在的投票站一派和平景象,而我们曾经争取选举权的过程却并没有那么一帆风顺。无数的人为了实现投票选举的这一天而奉献出了生命。我们随意接过的投票用纸,浸染着韩国近现代史的血泪与汗水。

投票,对有的人来说,是被癌细胞侵蚀得毫无气力也要去实践的、作为一名选民的严肃义务;对有的人来说,是在史无前例地同时实现了民主化与产业化的韩国,国民对于光荣的自我确认;对有的人来说，是对国家公共部门的极其严格的要求。

你是哪一种呢？非常希望下次选举之时能够看到你有展示尊严的行动。

请投票吧！

你的一票可以改变国家，可以改变你的未来。

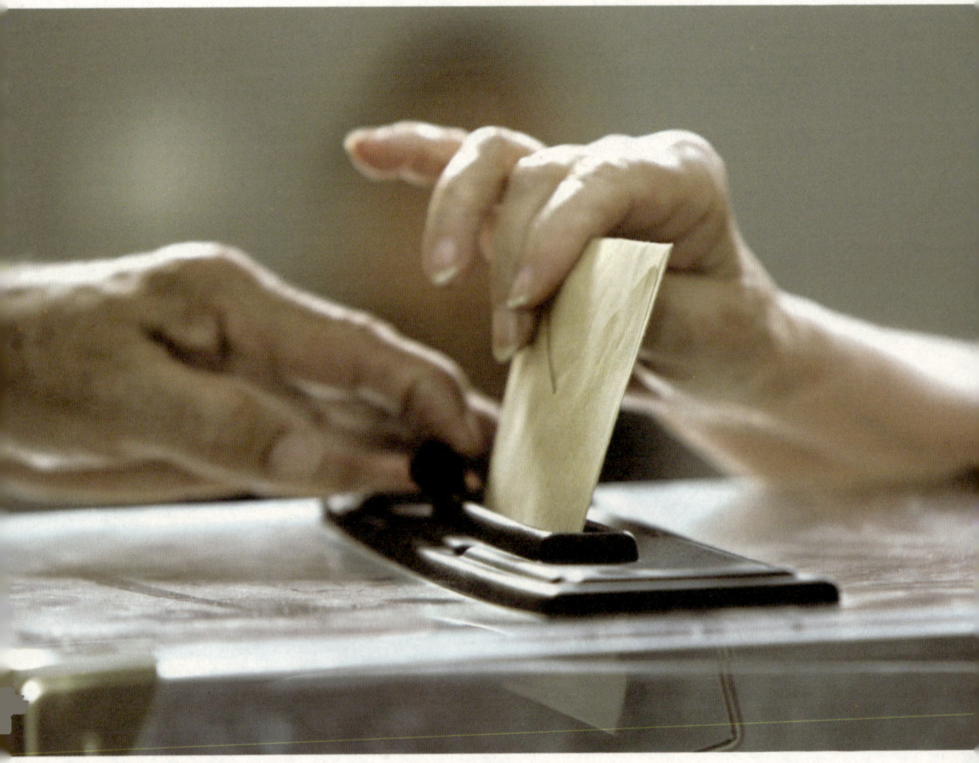

投票,
对有的人来说,是被癌细胞侵蚀得
毫无气力也要去实践的、
作为一名选民的严肃义务;
对有的人来说,
是在史无前例地同时实现了民主化
与产业化的韩国,国民对于光荣的自我确认;
对有的人来说,是对国家公共部门的
极其严格的要求。
你是哪一种呢?

# 后记

## 希望，货到付款

回顾这一年，对我们一家来说是一段很艰辛的时期。我因为腰椎间盘突出和肩袖肌腱撕裂而动了手术，大儿子进了军队服兵役，小儿子上了高三，紧张地准备着高考。就这样，三个人被分别"流放"在房间、军队和自习室。而最辛苦的人，是夹在紧紧蜷缩着的三个男人之间的妻子。

在这种情况下，别说是休假了，印象中好像一家人几乎都没能好好出去吃顿饭。我们一直都在想的便是"这一年快点儿过去……"

虽然我们常说"终究会过去的"，但是这万能的咒语未能减少那蜷缩着的、应该忍耐下来的时间。

岂止是我？眼下，蜷缩着、缓慢地喘息着的人很多。我自己家里的事，经历过一次后毕竟会过去，但是如今在世上活着真的很难。

不单单是经济不景气，经济是一直令人担心的，在亚洲金融危机爆发或信用大乱产生的时候，虽然给我们造成的冲击很大，但我们还是全部克服了，而现在，挫败感似乎压住了整个社会。"反正也改变不了什么"的无奈的虚脱感，逐渐取代了"就算拿出衣柜里的金子，也要助国家渡过危难"的魄力。

虽然这里有世界经济环境恶劣和韩国经济本质性的问题，但最大的问题应该是，国家系统和领导层还未能摆脱经济增长时代的运行模式吧。

都说"现代的失败，不是败给竞争对手，而是指不能适应环境的变化"，但是现在的社会各阶层都在心急如焚地维护发展时期的既得利益，自然会抗拒变化。大家都拼命地努力，方向却各不相同，整体来看是一种动弹不得的局面。而在这种局面下遭殃的，便是刚步入社会的青年们。

社会只有离心力，而没有向心力，看不到变化的势头，真的很可惜。

所有人都要蜷缩着度日的这个绝望的时代，我们应该怎样坚持下去呢？

此次的写作很不容易。

我曾经的书写还算顺心顺手，而这次尤为费劲儿，并不单是因为时间不足、文章难以上手。国家深陷经济不景气和就业难等各种社会矛盾的泥沼中，即使这样，我还要呼吁"我们的生活还是要继续下去"，这样的文章，真的很难写下去。

之前有一段时间，我都没有写作，在遇到了 H 君（序言中介绍过的）后才鼓起了勇气，决心为与绝望抗争的人们献上哪怕是我孱弱的冗词。我每想到一句就记在小本子上，但是要写成一本书还差得远，所以刚开始也没想过要编成书。在做过肩膀手术后，一整个夏天除了读和写，什么都做不了，这才有了要编写成书的想法。

这次，我有了新的领悟，不是因为生病反而得空写了书的那种因祸得福的安心，而是我们都需要将自己与外界绝缘、沉浸于自我的时间。虽然是紧紧蜷缩的时间，但最终那也是我们人生的一部分。

我重新回看了一下原稿，发现关于父亲的内容格外多，其实挺惊讶的。因为过去将近 30 年的时间里，我几乎没有流露出过对父亲的想法，忘却了或是隐藏了。但是，这次作品的很多文章里都有关于父亲的回忆。可能是因为去年与父亲同龄、我很尊敬的岳父离开了，我自己也在医院度过了一段短暂的时间，这些令我重新思考了疾病与死亡这两个沉重的话题。

但是，最重要的一点是，转眼间，我也快到父亲去世时的年龄了，而我的儿子们也迎来人生重要的时期，他们彷徨、辛苦的程度不亚于当时的我。也许是看到此时的他们，令我有了更深的感触吧，这才鲜明地理解了模糊记忆中的父亲。

这个时期，"一小把"希望都弥足珍贵。要是有谁能快递一盒希望，那该多好。但是，希望是货到付款。如果收件人不支付勇气和实践的话，希望就还不属于他。

因为经济的不景气、就业难、疾病、离别和人际关系不佳而不得不忍耐着痛苦的人们，哪怕是对他们说句木讷的问候，他们会不会变得好点儿呢？

每次写书的时候，我都会怀揣这样的期望：希望书中有一句笨拙的话，能成为你拿出勇气打开希望之盒的小小契机。

蜷缩，看上去像是完全无力地瘫坐在那里。但是，蜷缩着的人终究都会站起来，向着天空伸展腰肢。

我期待着，现在身心俱疲的你和我，都有重新站起来的那一天。